Die Fürstin der Raben

Es gibt Wunden im Leben, die kann die Zeit nur lindern, aber niemals heilen.

Hannes Wirlinger, geboren 1970 in der Stahlstadt Linz, hatte eine behütete Kindheit in Niederösterreich. Danach Studium der Kommunikationswissenschaft und Politikwissenschaft in Wien. Die Liebe zu Büchern und zu Geschichten begleitet ihn seit der Kindheit. Als Schüler dann erste Schreibversuche. Auslöser war das Erwachen der Liebe, was sonst? Kurzgeschichten, Gedichte, längere Texte entstehen. Später Besuch der Drehbuchschule Wien. Auseinandersetzung mit Struktur, Plots und Charakterentwicklung. Erste Erfolge und Honorare. Seit 2003 freier Drehbuchautor und Schriftsteller in Wien. Autor von zahlreichen Fernsehkrimis für die Serie *SOKO Kitzbühel*. In letzter Zeit widmet er sich Kinder- und Jugendbuchtexten. Für seinen ersten Jugendroman *Der Vogelschorsch* erhielt er 2020 den Österreichischen Jugendbuchpreis.

Hannes Wirlinger

Die Fürstin der Raben

Bilder von
Ulrike Möltgen

Verlagshaus Jacoby 🏠 Stuart

1

Sie kam mit den Raben. Es war das Jahr, in dem die Bäume starben und meine Schwester Margarete durchsichtiger wurde. Borkenkäfer haben die hoch emporragenden Fichten befallen und ihre Stämme von innen ausgehöhlt. Wo früher der Fichtenwald stand, lag nun Brachland. Die beiden Raben flogen vor ihr her und landeten auf dem obersten der gestapelten Baumstämme. Kehlig krächzten sie, während sich das Mädchen über das trostlose Land auf das Waldstück zubewegte, dessen Bäume die Käfer verschont hatten. Ich kannte sie nicht, und sie sah mich nicht, da ich mich hinter einem Baumstamm versteckte. Wie zwei Späher kamen mir die Raben vor, die nur den Anfang machten. Ich sollte recht behalten. Im Laufe des Jahres sollten noch viel mehr Raben kommen: Hunderte, Tausende in krächzenden Schwärmen. So viele wie noch nie zuvor und auch nie wieder danach.

Das Mädchen hatte ein schmales Gesicht und graue stechende Augen. Es waren Augen, denen man nicht mehr viel vormachen konnte. Wenn sie aber lächelte, strahlten sie eine zaghafte Wärme aus, die einen sofort einnahm. Ihr Kinn war spitz, ihre Stirn glatt und ihre Hände waren mit Raben-Tattoos überzogen. Von ihrem rechten Nasenflügel glitzerte mir ein Piercing entgegen. Sie war noch nicht alt, sechzehn vielleicht. Ihre Gestalt schien zierlich, fast zerbrechlich. Dennoch wirkte sie zäh und unbeugsam. Ihr schwarzer Mantel war ihr viel zu groß, als ob er früher jemand anderem gehört hatte. Die schwarze Kapuze hatte sie tief in die Stirn gezogen, deshalb konnte ich nicht herausfinden, welche Haarfarbe sie besaß. Ich ging von schwarzem Haar aus, so wie das Federkleid ihrer beiden Begleiter. Das Mädchen trug schwere Lederschuhe und marschierte entschlossen auf das Brachland zu. Über ihrer Schulter hing ein schwarzer Seesack. Wohin wollte sie? Kannte sie die Gegend?

Ich hatte keine Antworten darauf. Es war der Tag, an dem mir im Supermarkt an der Wand ein Aushang aufgefallen war. *Suche eine Freundin. Zum Reden und für gemeinsame Unternehmungen,* stand da auf einem Zettel mit Füllfeder hingekritzelt; keine Unterschrift, aber in klaren Zahlen eine Handynummer. Wie vom Blitz getroffen starrte ich auf die Ziffern. Das konnte doch nicht … Wieder und wieder las ich verwirrt den kurzen Text und die Nummer. Plötzlich ergriff mich eine tiefe Traurigkeit. Es gab keinen Zweifel. Auf dem Zettel stand eindeutig die Handynummer meiner Schwester Margarete.

Die Abendsonne duckte sich schwerfällig hinter dem Hügel. Die beiden Raben stießen sich ab, schwangen ihre Flügel und verschwanden im Wald. Mit flinken Schritten folgte ihnen das Mädchen. Bald konnte ich die Raben nicht mehr sehen, aber ich hörte ihre unterschiedlichen Stimmen. Einer krächzte tiefer als der andere.

Hinter einem Feuchtgebiet, das von einer verborgenen Quelle gespeist wurde, reihten sich dünne astlose Stämme aneinander. Merkwürdig verkrüppelt waren sie und im Morgennebel erinnerten sie an lange Arme, die verlorene Seelen in den Himmel streckten, um Gnade zu finden. Die Einheimischen mieden dieses Waldstück, da sie sich gruselten. Es gehörte in der Grundschule zu unseren Mutproben, diesen Teil des Waldes im Nebel alleine zu durchschreiten. Zwar hatte ich sie bestanden, aber noch heute befiel mich an diesem Ort ein beklemmendes Gefühl. Glücklicherweise war kein Nebel weit und breit zu sehen und die Dämmerung noch nicht über mich hereingebrochen. Dennoch wurde mein Herzschlag schneller, und mein Körper spannte sich an, als ich die ersten astlosen Bäume hinter mir ließ. Schlagartig verstummte das Vogelgezwitscher, und kein anderer Laut war zu hören. Starr blickte ich vor mich hin, wich den dunklen Armen aus und war erleichtert, nachdem ich diesen Ort hinter mir lassen konnte.

Wenige Minuten später erreichte ich eine Lichtung, auf der ein heruntergekommenes Haus stand. Das Dach wirkte gebückt, als müsste es eine schwere Last tragen. Seine Wände waren weiß. Zwei Fenster an der Front, eine Scheibe war eingeschlagen. Auf der linken Seite schloss eine windschiefe Scheune an das Haus an, deren Holzbretter an manchen Stellen eingetreten waren. Unmittelbar davor befand sich ein Brunnen, dessen verrostete Pumpe stumpf in die Höhe ragte. Neben der Eingangstür stand eine Holzbank. Die linke Hauswand war mit Graffiti beschmiert. Man konnte sofort erkennen, dass da kein Könner am Werk gewesen war. Zielstrebig stapfte das fremde Mädchen darauf zu. Die beiden Raben hatten sich längst auf dem gebogenen Dachfirst des Hauses niedergelassen. Ich kannte das verlassene Haus, wusste aber nicht, warum es der Besitzer verfallen ließ. Mit einem Fußtritt stieß das Mädchen die Tür auf und spähte in den Raum. Gleich darauf verschwand sie im Haus. Weshalb war das Mädchen mit den beiden Raben ausgerechnet hierhergekommen?

Einige Minuten später kam das Mädchen zurück, nahm ihren Seesack vom Rücken und setzte sich auf die Lehne der Bank. Aufgeregt kreischend drehten die beiden Raben über dem Haus ein paar Runden. Unvermittelt blickte das Mädchen in meine Richtung. Ich hielt den Atem an, aber das Mädchen kramte gelassen in ihrem Seesack. Beruhigt atmete ich aus, doch auf einmal traute ich meinen Augen nicht. Mit einem Messer in der Hand sprang das Mädchen von der Bank auf und lief mit grimmigem Gesichtsausdruck auf mich zu. In Panik rannte ich davon. Über mir hörte ich das dro-

hende Schreien der beiden Vögel. Erst nachdem ich die verkrüppelten Bäume passiert hatte, blickte ich mich um, doch
das Mädchen und ihre Raben waren mir nicht gefolgt.

Als ich geboren wurde, war meine Schwester Margarete längst auf der Welt. So wie meine Eltern und meine Großeltern kannte ich sie also schon mein ganzes Leben lang. Im Gegensatz zu mir war sie ein Wunschkind, nicht einfach passiert. Wenn jemand nach einem guten Menschen fragte, kam mir sofort meine Schwester in den Sinn. Absichtlich tat sie niemanden Unrecht oder machte sich über Schwächere lustig. Sie besaß das schönste Lachen der Welt. Noch heute höre ich es manchmal, wenn es ganz still ist und ich auf der Wiese zwischen den Mondblumen verharre.

Meine Schwester war mir immer einen Schritt voraus und doch stand sie immer hinter mir. Dass sie eine Freundin suchte, hatte ich zwar geahnt, wollte ich aber nicht wahrhaben. Umso beunruhigter war ich nun. Natürlich wusste ich, dass im Dorf hinter Margaretes Rücken getuschelt und sie in der Schule gemobbt worden war.

Es war neun Uhr, als ich zum Teich aufbrach. Ich ging bis zum Ende des Stegs, setzte mich hin und ließ meine Füße baumeln. Kein Lüftchen wehte, selbst die Blätter waren verstummt. Ich atmete hörbar aus, dachte an die Fremde mit den zwei Raben … Keine zehn Minuten später hetzte ich an den astlosen Bäumen vorbei, versteckte mich hinter einem dicken Baumstamm und spähte zur Lichtung. Das heruntergekommene Haus stand wie sonst da, aber das Mädchen mit ihren beiden Raben war verschwunden. War sie weitergezogen?

Meine Blicke suchten die nähere Umgebung ab. Jäh hörte ich das *Krah-krah* der beiden Raben in der Ferne. Gleich darauf sah ich sie über den Bäumen segeln und im Wipfel einer hohen Tanne hinter dem Haus landen.

„Da ist er ja wieder, der Feigling!", ließ mich eine Stimme zusammenzucken. Geschwind wandte ich mich um und blickte völlig überrumpelt in die grauen Augen des Mädchens. Wieso hatte ich ihre Schritte nicht gehört?

Lässig lehnte sie an einem Baum und spielte mit ihrem Messer. Die spitze Klinge glänzte gefährlich im Vormittagslicht. Ich hatte recht gehabt, ihr Haar war schwarz.

„W… wer bist du?", stammelte ich und ließ sie keine Sekunde aus den Augen.

„Falsche Frage. Wer bist du? Und wieso schleichst du dich wie ein Dieb an mich heran?" Sie stach nun mit der Messerspitze sanft in ihren Handballen.

„Josua. Ich wollte nur wissen, was du im Wald suchst", gab ich offen zu.

„Jetzt weißt du es. Ich erschrecke Feiglinge. Und du kannst wieder beruhigt nach Hause gehen."

Das Mädchen klappte ihr Taschenmesser zusammen, ließ es in ihrer Hosentasche verschwinden und setzte sich, ohne mich noch eines Blickes zu würdigen, in Bewegung. Wie erstarrt stand ich da und beobachtete, wie sie die Lichtung erreichte und auf der Lehne der Bank Platz nahm. Langsam trat ich hinter dem Stamm hervor und spazierte auf sie zu.

Das Mädchen hob nur kurz den Kopf. Einige Meter vor dem Haus blieb ich stehen.

„Hast du die beiden Raben aufgezogen? Oder wieso folgen sie dir?", fragte ich.

„Du irrst dich. Ich folge ihnen", entgegnete das Mädchen. Ich wollte näher auf sie zu gehen, aber sie wies mich mit der flachen Hand an, Abstand zu halten.

„Wie heißt du eigentlich?"

„Sarah", sagte sie und schwieg.

Unsere Blicke wichen sich aus. Sarah bot mir keinen Platz an oder machte sonst eine einladende Geste. Irgendwie kam ich mir ganz schön belämmert vor.

„Ich habe dich bisher noch nie im Dorf gesehen."

„Ich bin nur auf der Durchreise."

„Wohin?"

„Du stellst viele Fragen."

Wieder schwiegen wir. Demonstrativ nahm Sarah ihr Handy in die Hand und wischte darauf herum, als ob sie etwas sehr, sehr Wichtiges zu tun hätte.

„Bist du morgen auch noch da?"

Sie hob den Blick und sah mich spöttisch an.

„Das musst du schon selbst herausfinden."

Ich nickte ihr zu und räumte das Feld, obwohl ich noch tausend Fragen an sie hatte.

Am nächsten Tag in der Früh saß ich auf der Bank, als Sarah in Shorts und im schwarzen T-Shirt die Haustür öffnete und barfuß ins nasse Gras trat. Zwar wollte sie ihre Überraschung vor mir verbergen, aber ich konnte deutlich erkennen, wie sie zusammenzuckte.

„Guten Morgen, Sarah!", grinste ich sie an.

„Hast du hier geschlafen? Oder stehst du immer so früh auf?"

Ihre Stimme sollte teilnahmslos klingen, doch ich konnte ein leichtes Zittern in ihrem Klang ausmachen.

„Ich wollte sichergehen, dich noch einmal zu treffen", entgegnete ich und erhielt dafür von ihr ein flüchtiges Lächeln. Sarah ging ein paar Schritte, streckte die Hände in die Luft und atmete tief aus. Erst jetzt sah ich die beiden Raben auf einem Ast in einiger Entfernung. Aus meinem Rucksack zog ich drei Scheiben Brot und zwei Äpfel, die ich von zu Hause mitgenommen hatte.

„Du hast doch sicher Hunger?"

Als sie mich ein paar Sekunden musterte, spürte ich ein Kribbeln in meinem Bauch.

„Ich habe schon gefrühstückt. Es ist alles für dich."

Sarah nahm am anderen Ende der Bank Platz. Ich schob ihr eine Brotscheibe hin.

„Danke schön."

Sie griff danach, biss ein großes Stück ab. Plötzlich schwangen die Raben ihre Flügel und flogen über die Baumwipfel hinweg. Schweigend blickten Sarah und ich ihnen nach, bis sie am Horizont verschwanden.

„Ich habe sie als Jungvögel gefunden und großgezogen."

„Dann bist du also eine Rabenmutter."

Sarah grinste.

„Danke für die Blumen. Raben sind sehr fürsorglich zu ihrer Brut! Aber das weißt du sicherlich."

„Wie heißen sie?"

„Ansgard und Amatus."

Als hätten die beiden Vögel ihre Namen gehört, tauchten sie unvermittelt auf der anderen Seite der Lichtung über den Bäumen auf und landeten ein paar Meter entfernt vor uns auf der Wiese. Sarah brach zwei kleine Stücke vom Brot ab, stand auf, ging auf die beiden Raben zu. Langsam sank sie in die Hocke, streckte den Arm aus und hielt zwischen Zeigefinger und Daumen ein Brotstück.

„Das ist für dich, Ansgard."

Einer der Raben trippelte auf sie zu, schnappte mit dem Schnabel nach dem Stück und stelzte davon.

„Amatus!"

Wieder streckte Sarah ihre Hand aus. Der andere Vogel holte sich sein Fressen und gesellte sich zu seinem gefiederten Freund. Lächelnd erhob sich Sarah.

„Die Raben haben dich also hierhergeführt."

Sarah nickte. Ansgard und Amatus hoben ihre Köpfe, als schienen sie unser Gespräch zu verstehen.

„Und du folgst ihnen einfach?"

Ruhig erwiderte Sarah meinen Blick und schwieg. Was hatte ich anderes erwartet? Wir kannten uns kaum. Ich stand auch auf, machte einen Schritt auf sie zu.

„Und wo sind deine Eltern? Bist du von zu Hause abgehauen?"

Sarah hob nur eine Augenbraue, schritt barfuß im feuchten Gras ein paar Meter, blickte nachdenklich in den wolkenlosen Himmel. Ratlos blieb ich stehen. Plötzlich drehte sie sich wieder zu mir um.

„Du bist doch von hier. Dann kannst du mir ja die Gegend zeigen."

„Hier gibt es aber nicht besonders viel."

„Egal. Zeig's mir!"

Der alte Friedhof lag auf einem Hügel über dem Dorf. Schwarze Eisenkreuze ragten wie einsame Wanderer aus dem Nebel, der sich schüchtern über den späten Nachmittag legte. Im Hintergrund konnten wir schemenhaft den Schatten der Friedhofskapelle mit dem Turm, dessen Kreuz in den Himmel stach, erkennen. Daneben erhoben sich zwei Nussbäume und schräg dahinter eine Schar Birken. Wir mussten uns wegen des dichter werdenden Nebels beeilen. Sarahs Gesichtsausdruck war alles andere als erfreut, als ich das schwere gusseiserne Tor öffnete. Sie zögerte.

„Hierher führst du mich?"

„Ich dachte, du magst Friedhöfe?"

„Nur weil ich Raben aufgezogen habe?"

Unverwandt sah sie mir in die Augen, und der Vorwurf, der in ihnen lag, war nicht zu übersehen.

„Er ist längst aufgelassen. Nur wenige Menschen kommen noch hierher. Los, komm, ich möchte dir etwas zeigen.“

Ich lief an den gusseisernen Kreuzen der Gräber vorbei auf die Kapelle zu, bückte mich hinunter zur Laterne des Grabes, das neben der Seitentür lag, und fingerte nach einem Schlüssel. Erst als ich das kalte Metall in meiner Hand spürte, drehte ich mich um. Überrascht stellte ich fest, dass Sarah den Friedhof nicht betreten hatte. Sie stand auf der anderen Seite des gusseisernen Tores und beobachtete mich. Aus der Ferne drang das Krächzen von Ansgard und Amatus herüber. Ich hob den Kopf und entdeckte die schwarzen Vögel im Grau über mir, wie sie weite Kreise über den Friedhof zogen.

„Was hast du, Sarah? Komm!“, rief ich, aber Sarah reagierte nicht. Seufzend legte ich den Schlüssel wieder in die Laterne zurück und eilte auf Sarah zu.

„Ist dir der Ort unheimlich?“

Sie hob nur das Kinn und musterte mich. Hatte sie ihre Kapuze tiefer in die Stirn gezogen? Die Raben schrien am Himmel.

„Über eine Leiter kann man zu einem schmalen Fenster im Turm hinaufklettern. Der Ausblick dort ist einzigartig“, erklärte ich.

„Im Nebel?“

„Wenn du gleich mitgekommen wärst, hätten wir noch …“, ich stockte, „dann eben nicht.“

Ich knallte das Friedhofstor hinter mir zu und ließ Sarah einfach stehen. Gereizt stieg ich den schmalen Pfad hinunter zum riesigen Waldstück, das an das Dorf grenzte. Von mir aus konnte Sarah vorm Friedhof Wurzeln schlagen. Schließlich war sie es, die wollte, dass ich ihr das Dorf zeige. Eine schwachsinnige Idee, wie ich von Anfang an fand. Der Nebel war dichter geworden. Ich konnte nur mehr wenige Meter sehen.

„Josua? Warte!", hörte ich Sarah rufen.

Schließlich verlangsamte ich den Schritt und blieb stehen. Wie ein dunkler Schatten trat sie aus dem Nebel plötzlich auf mich zu, lächelte mich verlegen an.

„Ich gehe nicht gerne auf Friedhöfe. Aber das kannst du natürlich nicht wissen."

Wir musterten uns.

„Den Nebel mag ich. Darin kann man sich verstecken oder man verliert Dinge und Menschen. Andere tauchen überraschend wieder auf."

„Wie sieht es mit Wasser aus? Teiche?", wollte ich wissen.

„Je tiefer und dunkler, desto besser."

5

Als ich meine Schwester zum ersten Mal mit ihrem Freund sah, überkam mich eine merkwürdige Anspannung. Nicht weil sie einen Freund hatte, sondern weil ich ihm schon vor Jahren einmal begegnet war. In der Schule hatten wir Fußball gespielt. Dabei rollte unser Ball auf den Gehsteig, als eben dieser Typ vorbeischlenderte. Mit einem hinterlistigen Lächeln bückte er sich, griff nach dem Ball, drehte sich von uns weg und schoss das Leder in hohem Bogen in ein Maisfeld weit entfernt von uns. Anschließend ging er blöde grinsend weiter. Um den Ball zu finden, brauchten wir über zwei Stunden. Sein Gesicht hatte sich in meine Erinnerung eingebrannt. Beim ersten Besuch bei uns zu Hause schenkte Margaretes Freund mir Schokolade und schöne Worte. Ich begegnete ihm freundlich, tat unser erstes Zusammentreffen als einmaligen Fehltritt ab, da er meine Schwester vor meinen Eltern und mir liebevoll behandelte. Gleichzeitig nistete sich in meinem Hinterstübchen ein Quäntchen Zweifel ein, das schon nach wenigen Wochen zu einem Gebirge der Gewissheit wuchs. Da ich dem Freund meiner Schwester mit einem anderen Mädchen Hand in Hand auf einem Waldweg begegnete. Als ich das meiner Schwester erzählen wollte, traf ich sie traurig in ihrem Zimmer an. Sie ärgerte sich über sich selbst, weil sie ihm Geld geborgt hatte. Meine Schwester versuchte aber nicht, es zurückzufordern, sondern wich ihm aus. Auch ich suchte seine Nähe nicht, dafür aber die seines Motorrads. Wann immer ich das Motorrad irgendwo geparkt sah, nahm ich mein Taschenmesser zur Hand und schlitzte die Reifen auf. Aber das blieb mein Geheimnis. Noch heute durchfließt ein süßes Gefühl der Genugtuung meinen Körper, wenn ich daran denke.

Als ich vom Friedhof nach Hause kam, war Margarete nicht da, deshalb ging ich wieder und folgte dem ausgetretenen Wiesenweg durch das kleine Fichtenwäldchen zu der Lichtung mit den blühenden Buschwindröschen. Wie ein bunter Farbfleck stand Margarete mitten in dem weißen Blütenmeer und starrte in den wolkenlosen Himmel.

„Josua! Wenn ich hierherkomme, möchte ich allein sein."

Hatte sie meine Schritte im Gras gehört? Sie blickte mich an.

„Das weißt du doch."

„Ja", antwortete ich ruhig. Ich stand mehr als fünf Minuten schweigend neben ihr.

„Margarete?"

Meine Schwester drehte ihren Kopf zu mir und sah mich fragend an.

„Bist du einsam?"

„Wie kommst du denn darauf?"

Ich zuckte nur mit den Achseln. Mit einem warmen Lächeln betrachtete Margarete die Wiese.

„Wie soll ich hier einsam sein? Bei so viel weißer Pracht. 5278 Blüten leisten mir Gesellschaft", erklärte sie mir. Ich wusste, dass die Zahl stimmte und meine Schwester jede einzelne Blume gezählt hatte. Diese Eigenheit von ihr war ein Grund dafür, dass sie in der Schule gemobbt und dass hinter ihrem Rücken getuschelt wurde. Sie liebte es, Dinge zu zählen und Listen zu erstellen. Sie schrieb jeden Tag jedes für sie bedeutende Ereignis in bunte Tagebücher. Sie lächelte zwar, als sie mir die Blütenzahl nannte, aber in ihren Augen lag eine untrügliche Traurigkeit. Geflissentlich übersah ich sie.

„Wie viele Rehe sind über die Wiese gelaufen?"

„Zwei."

„Und welche Vögel sind über dich hinweg geflogen?"

„Ein Rabe, drei Tauben, ein Specht und zwei Kohlmeisen."

Beeindruckt betrachtete ich sie von der Seite. Margarete war für mich die wandelnde Tageschronik. Ich hingegen machte mir kaum Notizen. Mit siebzehn Jahren hatte Margarete schon 281 vollgeschriebene Tagebücher in ihrem Schrank.

In der Nacht wachte ich auf, weil ich einen lauten Seufzer gehört hatte. Mein Handy zeigte 3:33 Uhr an. Merkwürdig. Ich lauschte, aber es blieb still. Hatte ich nur geträumt?

Unsere Eltern schliefen im ersten Stock. Neben meinem Zimmer befand sich das meiner Schwester. Am Ende des Flurs wohnte mein Großvater. Er konnte von seinem Zimmer über eine Tür in den Garten hinausgehen. Etwa vierzig Meter vom Haus entfernt stand ein Schuppen, dort war seine Werkstatt. In dem Schuppen verkroch er sich gerne und restaurierte alte Möbel.

Ich drehte mich auf die andere Seite, schloss die Augen und versuchte wieder einzuschlafen. Da hörte ich plötzlich ganz deutlich ein Geräusch von draußen. Auf einmal war mein Körper angespannt, ich starrte zum gekippten Fenster. Schlich jemand um unseren Hof? Normalerweise verirrten sich nicht viele Menschen zu uns, da unser Hof mehrere Kilometer abseits vom Dorf lag. Der mächtige Wald umschloss die Wiese, auf der er stand, von drei Seiten. Gewarnt richtete ich mich auf, stieg aus dem Bett, huschte zum Fenster. Vorsichtig spähte ich hinaus auf die Wiese, die wie ein grauer fransiger Teppich vor mir im Mondlicht lag. Unnahbar ragten dahinter die dunklen Bäume in die Höhe. Ich ließ meinen Blick über die Wiese schweifen, wollte mich schon abwenden, da sah ich eine dunkle Gestalt am Wiesenrand. Regungslos stand sie da, stierte zu unserem Haus herüber. Im Mondlicht erkannte ich sie sofort. Da ich es nicht glauben wollte, rieb ich mir die Augen. Es nützte nichts, Sarah stand immer noch dort. War sie mir gefolgt oder woher wusste sie, wo ich wohnte? Und warum war sie mir überhaupt gefolgt? Krampfhaft überlegte ich, was ich tun sollte. So leise wie möglich zog ich mich an, warf einen Blick zu Sarah, öffnete mein Fenster, kletterte auf das Fensterbrett und sprang auf die Wiese. Da mein Zimmer ebenerdig lag, war es keine große Kunst. Es roch nach Gras, die Luft war kühl. Als ich neuerlich in Sarahs Richtung schaute, war die Stelle plötzlich leer. Zum Glück beleuchtete das Mondlicht die Wiese. Ab der Mitte lief ich so schnell ich konnte auf die Stelle zu, an der ich Sarah gesehen hatte, blickte mich um, aber sie war wie vom Erdboden verschluckt. Hatte sie mich entdeckt und war weggelaufen?

Regungslos blieb ich an der Stelle stehen, lauschte, aber ich konnte weder Sarahs Schritte noch den Ruf ihrer Raben hören. War sie ohne ihre Vögel gekommen? Spionierte sie mir nach oder was suchte sie hier bei uns?

In der Ferne hörte ich einen Waldkauz rufen. Ob er Sarah auch gesehen hatte?

In einiger Entfernung knackte ein Ast. Vielleicht beobachtete sie mich im Schutz des Waldes? Wachsam strichen meine Blicke durch die Dunkelheit. Darin würde ich sie keinesfalls entdecken. Ich beschloss, wieder nach Hause zu gehen.

„Wo warst du, Josua?", fragte mich meine Schwester jäh aus der Finsternis heraus, als ich auf das Fensterbrett stieg. Erschrocken fuhr ich auf. Margarete stand im Pyjama in der Ecke. Ihre braunen Locken ragten wirr nach allen Seiten.

„Ich habe geglaubt, da ist jemand. Aber da war niemand", log ich, weil ich ohne lange Erklärungen wieder in mein Bett wollte.

„Doch, da hat jemand auf der Wiese gestanden", überraschte mich meine Schwester ein zweites Mal. „Ein Mädchen mit langen schwarzen Haaren."

Ich schwieg.

„Sie führt gewiss nichts Böses im Schilde", fand Margarete. Ich drehte meine Nachttischlampe an. Das abrupte Licht stach in meine Augen. Margarete strich mir sanft über den Arm, blickte mich eindringlich an.

„Ich kenne sie. Sie ist mir im Traum schon ein paar Mal erschienen."

Ungläubig starrte ich meine Schwester an. Nachdenklich blickte sie aus dem Fenster, während ich schwieg. Dabei presste sie die Lippen ganz fest aufeinander. Seit ich geboren war, hatte sich mir die Gedankenwelt meiner Schwester nie erschlossen. Manchmal ahnte ich, wie es in ihr aussah, um schon im nächsten Moment wieder nur Bahnhof zu verstehen. Es spielte für mich keine Rolle. Sie war meine Schwester, und ich liebte sie.

„Ich gehe wieder ins Bett. Gute Nacht, Josua!", sagte sie lächelnd.

„Schlaf gut, Margarete!"

Gleich darauf war meine Schwester aus meinem Zimmer verschwunden. Wieso war sie Sarah im Traum begegnet? Und was hatte sie überhaupt von ihr geträumt?

Silbern lag die Wiese im Mondlicht da. Im Bett rollte ich mich in meine Decke ein und starrte aufgewühlt an die Wand. Weshalb kam Sarah mitten in der Nacht zu unserem Haus? War sie doch nicht so harmlos, wie ich angenommen hatte?

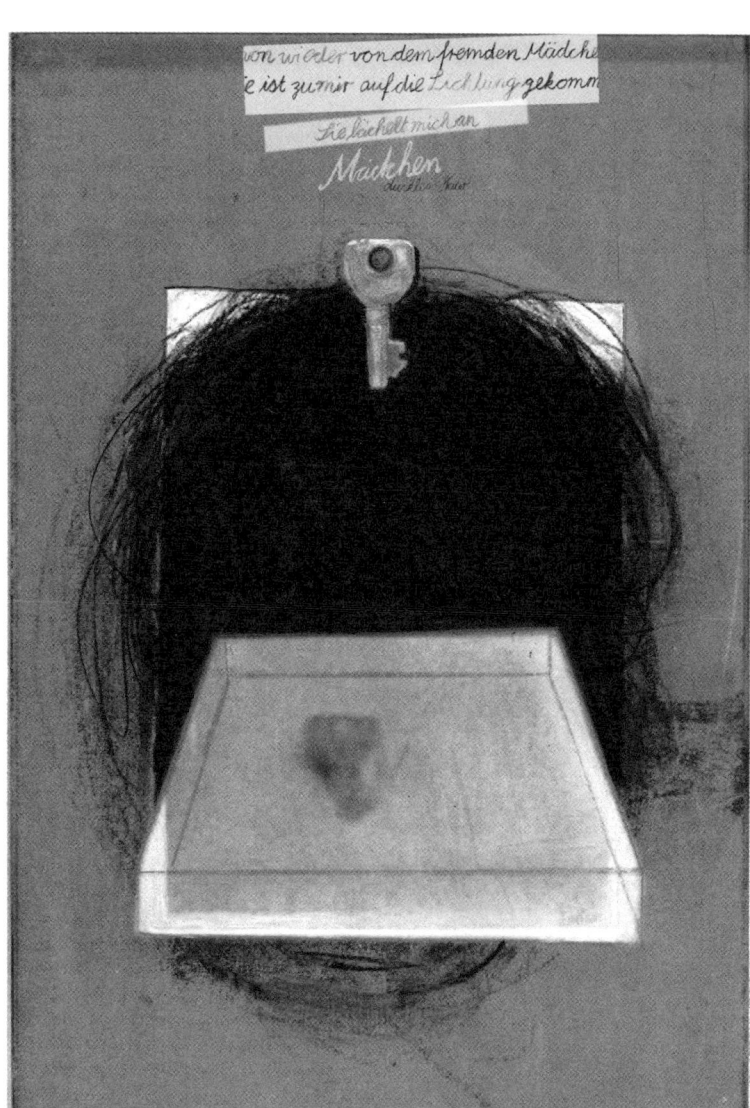

7

Meine Eltern arbeiteten, und Margarete musste heute länger in der Schule bleiben als ich. Die Kreissäge meines Großvaters kreischte in seiner Werkstatt. Er schaltete sie nur ein, wenn meine Schwester nicht zu Hause war. Sie ertrug den Lärm nicht. Margarete war also gewiss nicht zu Hause. Dennoch bemühte ich mich, leise zu sein. War es das schlechte Gewissen? Auf Zehenspitzen schlich ich in das Zimmer meiner Schwester. Sie bewahrte ihre Tagebuchschlüssel in ihrem Nachtkästchen in einer weinroten Schatulle gemeinsam mit einem Silberring auf. Ich nahm einfach den Schlüssel für das lila Tagebuch und öffnete den Schrank. Ich gebe zu, ich fühlte mich schäbig, gleichzeitig spürte ich aber ein Kribbeln am ganzen Körper. Irgendwie tat es auch gut, etwas Verbotenes zu tun. Wenn ich Pech hatte, hatte Margarete ihr aktuelles Tagebuch mit in die Schule genommen, aber meist ließ sie es im Schrank. Denn einmal hatte ihre sogenannte Freundin Klarissa es in die Hände bekommen und vor der ganzen Klasse daraus vorgelesen. Margarete hatte darin offenbart, dass sie sich von der Klasse gemobbt fühlte und nur einer aus der Klasse nicht über sie lästerte: Ingo. Daraufhin waren alle in schallendes Gelächter ausgebrochen, und Ingo war knallrot angelaufen. Tief verletzt hatte Margarete Klarissa das Tagebuch aus der Hand gerissen, war tränenüberströmt aus der Schule gerannt und hatte die Schule ab diesem Zeitpunkt nie wieder betreten. Erst am Abend hatten wir sie auf der Lichtung mit den Buschwindröschen gefunden. Meine Eltern haben Margarete am nächsten Tag aus der Schule genommen und in eine Mädchenschule mit wenigen Schülerinnen in die Stadt geschickt. Sie hatte viele Fehlstunden, da sie sofort die Schule verließ, wenn es ihr zu laut wurde. Aufgebrachte Stimmen, Streit ertrug sie kaum. Um den Straßenlärm auszuhalten, steckte sie sich Ohrstöpsel in die Ohren, manchmal auch im Klassenraum. Sie blieb eine Außenseiterin, aber wenigstens ließen ihre Mitschülerinnen sie in Ruhe.

Ich nahm das lila Tagebuch vom Stoß. Margaretes letzter Eintrag war mit einem Datum vom Vortag versehen. Ich mochte ihre große, klare Schrift. Sie schrieb die Buchstaben mit Buntstiften in unterschiedlichen Farben. So sah sie die Buchstaben, wenn sie sie hörte oder las, hatte sie mir erklärt. Sie sah auch Menschen in Farben. Für sie war ich orange. Wenn ich wütend war, ging das Orange ins Braune und dann ins Schwarze über, erläuterte sie mir mit einem Augenzwinkern. Ich glaube aber nicht, dass sie mich auf den Arm genommen hatte. Das Tagebuch roch nach Veilchen. Sprühte es meine Schwester mit einem Duft ein? Ich setzte mich auf ihr Bett, lehnte mich gegen die Wand. Bevor ich zu lesen begann, lauschte ich, doch da ich weder Schritte noch andere Geräusche hörte, atmete ich lange und laut aus. Merkwürdigerweise las ich Margaretes Aufzeichnungen stets nur in ihrem Zimmer. Es kam mir niemals in den Sinn, ihre Tagebücher daraus zu entführen. Vielleicht redete ich mir ein, der Vertrauensbruch gegenüber Margarete schwächte sich dadurch ab. Die Buchstaben in unterschiedlichen Farben erleichterten nicht unbedingt das Lesen. Sie kritzelte auch immer kleine Zeichnungen dazu.

Ich habe schon wieder von dem fremden Mädchen geträumt. Sie ist zu mir auf die Lichtung gekommen, sie hat schwarzes Haar und ist ganz in Schwarz gekleidet, als ob sie trauern würde. Nur ihr Gesicht und ihre Hände sind weiß wie die Hausmauer vom Nachbarn. Für mich ist sie manchmal rot wie das Blut und manchmal schwarz wie die Raben. Das verwirrt mich. Sie lächelt mich an und kommt auf mich zu. Ihre Stimme hat einen schönen Klang. Nicht aufdringlich, weich. Sie spricht nicht so laut wie die anderen.

Ich lächelte, da Sarah wohl nicht nur im Traum zu ihr gekommen war.

Ich glaube, Josua hat den Zettel mit meiner Handynummer im Supermarkt entdeckt. Wieso hätte er mich sonst gefragt, ob ich einsam bin? Hätte ich doch lieber auf einem Portal nach einer Freundin suchen sollen …? Aber dann hätten es alle gewusst und mir Hassnachrichten geschrieben. Nein. Ich möchte eine echte Freundin. Keine nur online.

Josua ist ein Schatz. Aber er sorgt sich zu viel um mich. Dabei bin ich älter als er. Eigentlich sollte ich mir um ihn Gedanken machen. Wieso trifft er nie seine Freunde und streift lieber durch den Wald? Hat er das von mir? Ich weiß nicht. Was täte ich ohne ihn … auch wenn er mit seiner Neugierde nervt.

Meine Augen wurden glasig.

Ich kann ihm vertrauen. Er erzählt es Mama und Papa nicht. Er weiß, sie würden mit mir schimpfen, weil sich alle das Maul über mich zerreißen würden. Das tun sie sowieso, einerlei was ich tue oder sage. Sie tuscheln. Was habe ich ihnen getan??????

<u>*Was ich ihnen getan haben könnte*</u>
  Vielleicht habe ich zu laut gelacht?
  Oder sie mit meinem Blick verzaubert?
  Sie zu freundlich gegrüßt?
  Ihnen zugehört und mich für sie interessiert?
  Ehrlich gesagt, worüber ich nachdenke?
  ?????
  Ach was. Ich weiß es nicht. Es spielt ja eigentlich keine Rolle. Ich gehe schlafen.

Dann war der Eintrag zu Ende. Einen gähnenden Mund hatte sie dazu gemalt. Ich überlegte, ob ich noch die vorigen Seiten lesen sollte, klappte aber das Buch zusammen und legte es wieder in den Schrank. Den Schlüssel gab ich zurück in die weinrote Schatulle. Welche Verbindung gab es zwischen Margarete und Sarah? Wieso hatte meine Schwester von ihr geträumt? Vielleicht kannten sie sich von früher, aber gestern hatte meine Schwester nicht so geklungen. Sollte ich Sarah suchen und sie auf ihren nächtlichen Besuch ansprechen? Oder sollte ich mich heute in der Nacht auf die Lauer legen und abwarten, ob sie wiederkäme?

Da die Kreissäge verstummte, strich ich Margaretes Bettdecke zurecht und huschte aus dem Zimmer. Ohne meinem Großvater oder meiner Schwester zu begegnen, stapfte ich über die Wiese und war erleichtert, als mich die Stille des Waldes umarmte.

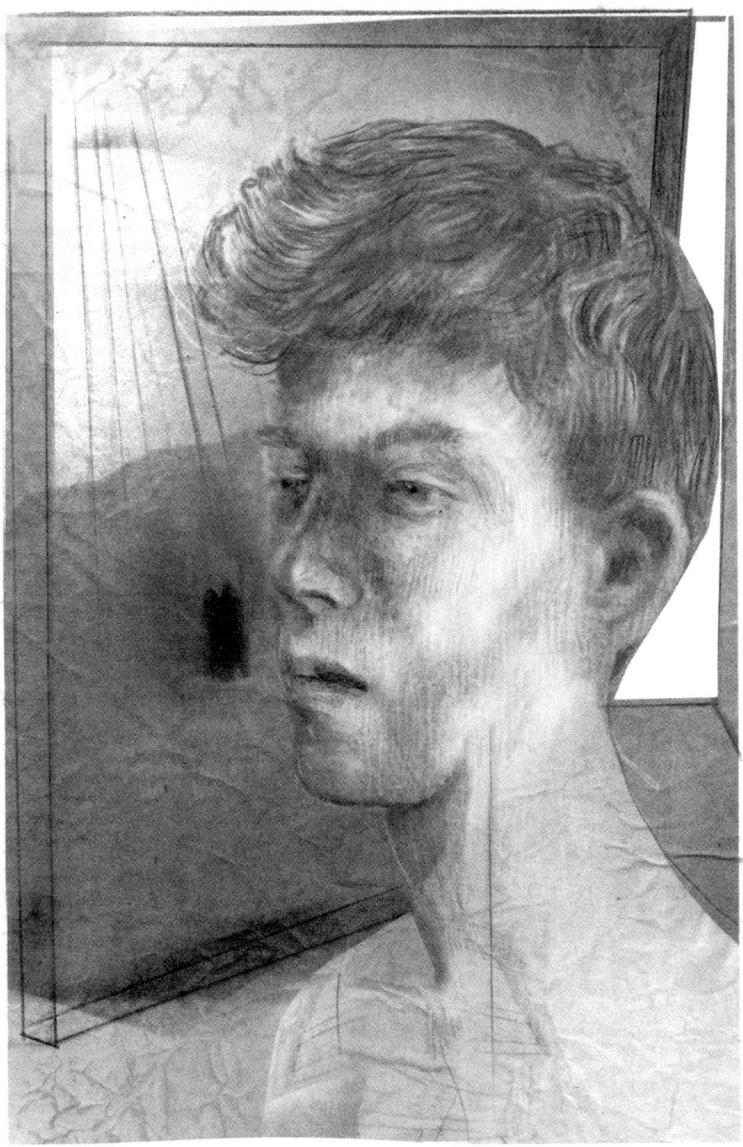

Ab Mitternacht saß ich auf einem Stuhl am Fenster und blickte hinaus. Im Haus war Ruhe eingekehrt. Es war eine sternenklare Nacht, Tausende Lichter im Schwarz. Sarah war noch nicht gekommen, natürlich war ich deswegen enttäuscht. Ich hörte die Schritte meiner Schwester auf dem Flur und wie die Badezimmertür geschlossen wurde. Ein paar Minuten später kam sie wieder zurück, verschwand in ihrem Zimmer. Lautlos öffnete ich meine Tür, spähte auf den Gang. Es war finster. Lag Margarete nun schlaflos im Bett, so wie ich, und wartete auf Sarah?

Ich schloss die Tür wieder hinter mir, legte mich ins Bett. Mein bester Freund Camillo hatte mich in der Schule nach Sarah ausgefragt. Zum Glück wohnte er in der Stadt. Ich sollte ihm ein Foto von ihr schicken, aber das wollte ich nicht.

Gegen vier Uhr wachte ich auf, weil ich ein Geräusch hörte. Sarah? Schlaftrunken wandelte ich zum Fenster. Träumte ich? Oder spazierten dort zwei Gestalten im Morgengrauen auf den Wald zu? Ich erkannte sie sofort. Schlagartig war ich wach. In Windeseile zog ich mich an, öffnete das Fenster, sprang auf die Wiese und rannte geradewegs auf die Stelle zu, wo Margarete und Sarah im Wald verschwunden waren. Sie waren längst weg, aber ich hatte eine leise Ahnung, wohin sie gegangen sein konnten. Ich folgte dem Forstweg fünfzehn Minuten bis zur Lichtung mit den Buschwindröschen. Bedauerlicherweise hatte ich mich getäuscht, die Wiese vor mir war leer. Wo waren sie hingegangen?

Unschlüssig stand ich da. Ich fühlte mich ausgeschlossen, haderte damit, ihre Spur verloren zu haben. Was war da zwischen Margarete und Sarah? Freundschaft? Und was war das zwischen Sarah und mir? War es überhaupt irgendetwas?

Im Bett starrte ich an die Decke, wartete auf Margarete. Eine Stunde später hörte ich, wie sie leise die Haustür öffnete, wieder schloss und in ihr Zimmer schlich. Ich traf sie auf ihrem Bett sitzend an. Sie lächelte, als ich ihr einen guten Morgen wünschte, strahlte mich an. So aufgewühlt hatte ich sie schon monatelang nicht mehr gesehen.

„Das Mädchen von gestern ist wiedergekommen. Sie heißt Sarah. Wir waren im Wald spazieren."

Ich schloss die Tür hinter mir, da unsere Eltern bald aufstehen würden, und setzte mich zu ihr aufs Bett.

„Und was macht sie hier bei uns?", wollte ich wissen, erwähnte mit keinem Wort, dass ich Sarah kannte. Wusste Margarete es bereits?

„Sie hat den Zettel im Supermarkt gesehen. Und mich gesucht."

„Mitten in der Nacht?"

Der misstrauische Ton in meiner Stimme ließ keinen Zweifel, wie ich darüber dachte.

„Sie hat mich am Abend über Social Media kontaktiert. Ich habe ihr meine Adresse geschickt."

„Aber sie war doch gestern auch schon da."

Margarete zuckte mit den Achseln, musterte mich kritisch.

„Du musst es mir nicht vermiesen, Josua. Es gibt sicher eine einleuchtende Erklärung dafür. Bitte misch dich diesmal nicht ein!"

Unbeeindruckt blickte ich sie an.

„Hat sie sonst etwas erzählt? Woher sie kommt? Was sie im Dorf tut?"

„Nein, aber das wird sie schon noch. Ich vertraue ihr. Sie ist rot. Und wieso hätte ich sonst von ihr geträumt? Ich bin sicher, ihr Kommen hat eine Bedeutung für mich."

Im Gesicht meiner Schwester las ich eine Klarheit, die mir schon immer unheimlich war. Manchmal sah sie Ereignisse im Traum, die in der Zukunft eintrafen … Ratlos blickte ich Margarete an. Sollte ich ihr doch sagen, dass ich Sarah schon kannte und woher? Ich beschloss, es für mich zu behalten. Ich musste unbedingt mit Sarah sprechen. Sie konnte nicht einfach ohne Vorwarnung zu unserem Hof kommen …

Ich nahm nicht den Zug in die Stadt, sondern beschloss, die Schule zu schwänzen. Mein Fahrrad versteckte ich im Dickicht im Wald. Mit gereiztem Krächzen kündigten mich Amatus und Ansgard an. Sarah saß auf der Bank. Als ich auf sie zukam, betrachtete sie mich mit undefinierbarem Blick. Die beiden Raben landeten in einiger Entfernung auf der Wiese.

„Guten Morgen, Josua!"

„Servus, Sarah!"

Seelenruhig stand sie auf und griff nach ihrem Seesack am Boden. Welches Spiel spielte sie eigentlich? Sie musste doch ahnen, dass meine Schwester mir von ihrem Treffen erzählt hatte. Sarah kramte im Rucksack herum, schließlich nahm sie drei Äpfel heraus. Sie hielt mir einen hin, ich schüttelte den Kopf. Sie biss herzhaft in einen.

„Wieso kommst du zu unserem Hof? Hast du mich verfolgt?"

„Die Raben haben mich zu dir geführt", sagte sie grinsend.

„Mach dich bitte nicht über mich lustig."

„Ich bin dir letztes Mal gefolgt, darum habe ich gewusst, wo du wohnst", gestand sie mir. Wenigstens war sie ehrlich. Als ich mich auf Sarah zubewegte, öffneten die beiden Raben ihre Schnäbel ein Stück, als würden sie dagegen protestieren wollen. Ich blieb stehen.

„Margarete ist meine Schwester. Sie ist mir wichtig. Es haben ihr schon zu viele weh getan. Du hättest mich zumindest vorwarnen können."

Sarah nickte, biss wieder vom Apfel ab, kaute das Stück und erst danach antwortete sie.

„Ihr Zettel im Supermarkt hat mich tief berührt. Mein Vater und ich sind viel unterwegs. Aus diesem Grund habe ich außer den beiden Raben keine Freunde. Ich weiß genau, wie sich deine Schwester fühlt", erklärte mir Sarah mit einfühlsamer Stimme. „Erst als ich vor eurem Hof stand, habe ich gewusst, dass Margarete deine Schwester ist", fuhr sie fort.

Ich musterte sie.

„Du bist doch nur auf der Durchreise. Was bringt es dir dann, wenn du dich mit meiner Schwester anfreundest?"

Sarah blickte mir spöttisch in die Augen.

„Wir haben uns doch auch angefreundet. Oder ist das nicht dasselbe?"

Eins zu null für Sarah. Aber war das Freundschaft zwischen ihr und mir?

„Dann sag mir zumindest, wie lange du bleibst."

Sie schleuderte den Apfelbutz in hohem Bogen über die Raben hinweg in die Wiese und wandte sich wieder mir zu.

„Solange es notwendig ist."

Ich warf ihr einen enttäuschten Blick zu; Sarah strich sich ihr Haar hinter das Ohr, ließ mich dabei nicht aus den Augen. Sie schien zu spüren, dass mir das nicht genügte.

„Ich muss hier etwas erledigen und gehe dann zurück zu meinem Vater", sagte sie und nahm einen neuen Bissen.

„Bist du auf der Flucht? Oder machst du Einbrüche, um zu überleben?"

Sarah machte große Augen, schüttelte mit einem Grinsen den Kopf, beantwortete meine Frage aber wieder einmal nicht.

„Und dein Vater? Was macht er?"

„Es ist besser für dich, wenn du ihn nicht kennenlernst."

Überrascht sah ich in ihre grauen Augen, aber Sarah schwieg. Wahrscheinlich hatte Margarete recht, und wir sollten ihr Zeit geben. Irgendwann würde sie uns vertrauen und mehr über sich erzählen. Plötzlich kreischten Ansgard und Amatus so schrill wie noch nie zuvor auf, erhoben sich flatternd und jagten über das Blätterdach davon. Ernst blickte Sarah ihnen hinterher.

„Ich muss los", bemerkte Sarah plötzlich und überrumpelte mich damit. Hektisch erhob sie sich von der Bank, eilte über die Wiese und gleich darauf war sie im Wald verschwunden. Irritiert beobachtete ich sie dabei. Als ich ihr endlich folgte, war viel zu viel Zeit vergangen … Enttäuscht spazierte ich nach Hause. Auf dem Weg lag noch altes Laub, meine Schritte knisterten. Ich stieg über Wurzeln, die wie Knochen aus der Erde ragten. Manchmal hörte ich Vogelgezwitscher, das aber jäh durch das penetrante Martinshorn eines Einsatzwagens unterbrochen wurde. Das konnte nur von der Landstraße kommen, die ein kleines Stück in den Wald schnitt und von der dann eine Schotterstraße zu uns zum Hof abbog. Ich blieb still und lauschte. Es folgten weitere Einsatzfahrzeuge, die näher klangen, als mir lieb war. Unruhig verließ ich den breiten Weg und lief an moosüberzogenen Baumstämmen vorbei auf das aufdringliche Heulen zu. Nach zehn Minuten lichtete sich das Dickicht, und ich konnte Blaulichter am Straßenrand des Weges erkennen. Hektische Stimmen drangen zu mir. Vorsichtig trat ich näher, blieb verborgen hinter dem dicken Stamm einer Buche stehen und linste auf die kurvige Straße. Mein Herz schlug heftig in meiner Brust, da mir sofort klar war, dass ein Unfall passiert sein musste. Zwei Rettungsfahrzeuge, zwei Polizeiautos und drei Feuerwehrautos standen auf der Straße. Frauen und Männer aus dem Dorf wuselten in Uniformen herum. Im Graben lag ein Auto auf dem Dach, dessen Motorhaube zusammengedrückt war und unter dem Kabel und Motorteile wie Adern und Gedärme hervorquollen. Es war zum Glück nicht das Auto meines Großvaters. Meine Eltern kamen erst später von der Arbeit nach Hause. Ein Verletzter wurde von Sanitätern und dem Notarzt auf einer Bahre in den Krankenwagen gehievt. Gleich darauf wurde die Hecktür zugeknallt, die Sanitäter nahmen auf den Vordersitzen Platz, und mit Blaulicht und Sirene raste der Krankenwagen davon. Nun schnauften die Einsatzkräfte ein wenig durch. Ihre Bewegungen wurden ruhiger und die Stimmen leiser. Als der Wagen mit der Seilwinde von einem Feuerwehrauto aus dem Graben gezogen wurde und wieder auf der Straße stand, drehte ich mich um und schritt zurück in den Wald.

Es beruhigte mich, am Teich zu sitzen und auf die sanften Wellen zu blicken. Wieder und wieder rollten sie auf mich zu. Da der Unterricht noch nicht zu Ende war, konnte ich noch nicht nach Hause. Mein Großvater würde mir gewiss Fragen stellen. Er hatte seine Grundsätze und fand, dass auch Jugendliche Pflichten haben. Die Schule zu besuchen sei eine davon. In dieser Hinsicht war er stur, obwohl er mir sonst kaum Vorschriften machte. Meist saß er am Abend in seinem Ohrensessel und las. Jeden Mittwoch spielte er im Wirtshaus Karten und am Sonntag ging er zum Frühshoppen. Dafür zog er immer seinen schwarzen Anzug und sein weißes Hemd an. In die Kirche ging er nur, wenn sie leer war. Einmal hatte ich ihn als Kind dort alleine in einer Bankreihe entdeckt. Er mochte die Stille und die Kühle darin. Dort konnte er in Ruhe nachdenken, hatte er mir damals erklärt. Ein Schwarm Mücken flog an meinem Gesicht vorbei. Der Benachrichtigungston meines Handys riss mich aus meinen Gedanken. Camillo hatte mir eine Nachricht geschickt, er wollte wissen, was mit mir los sei. Er wollte wissen, ob es etwas mit Sarah zu tun hatte. Ich schrieb ihm, dass ich Kopfschmerzen hätte und mir übel wäre. Und hoffentlich morgen wieder in die Schule gehen könnte. Ich hatte noch ein paar gefälschte Unterschriften meiner Mutter. Sie würde gewiss nichts vom Schuleschwänzen mitbekommen. Zumindest nicht sofort, und meine Fehlstunden hielten sich in Grenzen.

Die Sonne hatte seit gestern an Kraft gewonnen. Ich lag auf meiner Jacke am Steg und genoss die wärmenden Strahlen. Sarah verwirrte mich. Wieso erzählte sie nicht einfach frei heraus und machte so ein Geheimnis um sich? Gewiss, wir kannten uns nicht gut, aber woher sie kam und wohin sie ging, hätte sie doch sagen können. Überdies machte ich mir wegen Margarete Sorgen. Ich hatte immer das Gefühl, sie beschützen zu müssen.

Ich legte mich auf den Rücken und streckte meine Hände und Beine von mir. Der harte Untergrund machte mir nichts aus. Über mir war der Himmel strahlend blau, aber unergründbar. Es war einer der Momente, in denen ich mich frei und gleichzeitig mit allem verbunden fühlte. Irgendwann schlief ich ein.

Als ich aufwachte, wusste ich zunächst nicht, wo ich mich befand. Ich beugte mich zum Wasser hinunter, nahm eine Handvoll und befeuchtete mein Gesicht damit. Ein Blick auf meine Uhr sagte mir, dass ich lange genug geschlafen hatte. Gemächlich packte ich meine Sachen zusammen und machten mich auf den Heimweg. Auf der Bank vor unserem Hof saß mein Großvater. Er winkte mir freundlich zu. Das tat er immer, wenn ich nach Hause kam und er dort saß. Ich setzte mich zu ihm. Er hatte silbernes Haar, trug aber fast immer eine karierte Schieberkappe. In seine Stirn schnitten tiefe Falten. Seine Lesebrille hatte er umgehängt, seine riesigen Hände verschränkte er vor seinem Bauch.

„Ich habe am Vormittag einen lauten Knall gehört", stellte er nüchtern fest und blickte mich fragend an.

„In der Kurve vor der Kapelle hat es einen Unfall gegeben. Einer ist in den Graben gefahren und gegen einen Baum geknallt, haben sie im Dorf erzählt", log ich.

Er nickte, blickte in die Ferne.

„Traurig", sagte er mit echtem Bedauern und wandte sich wieder mir zu.

„Der Notarzt war da. Sie haben jemanden mit dem Krankenwagen weggefahren."

Wieder nickte er, blickte in die Ferne.

„Hoffen wir das Beste."

„Ja."

„Merkwürdig. Vorhin sind zwei Raben am Hof vorbeigeflogen. Die habe ich noch nie hier gesehen."

Verblüfft blickte ich meinen Großvater an, der nach wie vor in die Ferne blickte. Was sah er dort? Die Zukunft?

„Hast du auch ein Mädchen vorbeikommen sehen, Opa? Einen halben Kopf größer als Margarete. Mit schwarzen Haaren und einem schwarzen Mantel."

Mein Großvater richtete sich gerade auf, wandte sich mir zu.

„Wieso ein Mädchen? Hast du eine Freundin?"

„Nein."

Er musterte mich wissend.

„Schwarzes Haar, schwarzer Mantel. Wenn sie mir begegnet, sage ich es dir."

Ich nickte ihm zu, stand auf und ging in mein Zimmer. An der Wand hingen Fotos, die ich geschossen hatte: von Margarete, als wir im Wald herumgealbert haben. Die alte Eiche auf der Lichtung. Der Friedhof mit der Kapelle. Der Teich mit Nebelschwaden – eine sah aus wie ein Gesicht.

Beim Abendessen erkundigten sich meine Eltern, wie es in der Schule gewesen war. Wortkarg antwortete ich nur das Notwendigste. Margarete war diesmal schweigsamer als sonst. Wir waren beide froh, als sich meine Mutter noch auf die Terrasse setzte, um am Laptop zu arbeiten. Mein Vater ging früh schlafen. Im Laufe des Abends kam mein Großvater.

Eine halbe Stunde später war lautes Schnarchen aus seinem Zimmer zu hören. Camillo erzählte mir die wichtigsten Neuigkeiten aus der Schule am Handy. Dann spielten wir am Computer gegeneinander. Gegen Mitternacht schaltete ich den Laptop aus, putzte mir die Zähne und öffnete die Tür zu Margaretes Zimmer. Ihre Decke war zusammengerollt, so als läge sie unter der Bettdecke, aber sie war nicht da. Sah sie im Wohnzimmer noch einen Film? Nein, bis auf das Schnarchen meines Großvaters war alles im Haus ruhig. Margaretes Fenster war nur angelehnt. Zweifellos war sie ausgebüxt. Trafen sich Sarah und Margarete schon wieder?

Ich zog die Vorhänge zu, nahm den Tagebuchschlüssel aus der Schatulle in Margaretes Nachtkästchen, öffnete Margaretes Schrank, zog ihr aktuelles Tagebuch heraus, machte es mir auf ihrem Bett gemütlich und begann zu lesen. Da ich mich von den beiden ausgeschlossen fühlte, hatte ich dieses Mal nicht einmal ein schlechtes Gewissen.

Sarah ist zu mir nach Hause gekommen, und wir waren in der Nacht im Wald. Ich mag sie. Sie fragt nicht viel. Nie wird sie laut. Wir sind durch den Wald gestreunt. Ich habe die meiste Zeit geredet. Sie hat mich nach meinen Träumen gefragt. Und nach meinen Ängsten.

Wovor ich noch Angst habe
   Meinen Bruder, Mama und Papa oder Großvater zu verlieren
   Ausgelacht zu werden
   Falsche Entscheidungen zu treffen
   Dass keine Blumen mehr blühen

Dass der Wald nicht mehr zu mir spricht
Vor der Grausamkeit der Menschen
Niemals dazuzugehören
Dass das Zwitschern der Vögel verstummt
Blind zu werden
Vor dem schweigenden Kopfschütteln der anderen
Die Liste setze ich später fort.

Sarah und ich möchten uns öfter treffen, sie ist aber nur auf der Durchreise. Sie hat ein gutes Herz, das spüre ich. Das Merkwürdige ist, dass ihre Farbe wechselt. Sie war rot und schwarz. Aber nun ist sie keine fixe Farbe wie die anderen Menschen. Sie lacht nicht, wenn ich ehrlich sage, was ich denke. Sie mag Blumen und Tiere, so wie ich. Wenn sie von ihrem Vater spricht, wird sie ernst. Ihre Mutter erwähnt sie nie. Fürchtet sie ihren Vater?

Josua stellt merkwürdige Fragen über Sarah. Er vermutet hinter allem immer nur das Schlimmste. Ich hoffe, er mischt sich nicht ein.

Ich runzelte die Stirn. War ich wirklich so ein Spielverderber?

Ich möchte endlich eine Freundin haben. Ich kann Sarah ja schreiben, wenn sie weggeht. Heute in der Nacht treffen wir uns wieder. Ich kann es kaum erwarten. Es ist schön mit ihr.

Ich klappte das Tagebuch zusammen, legte es auf meine Brust und spürte sein Gewicht. Wer war Sarahs Vater? Wenn Margarete Sarahs Telefonnummer hatte, kannte sie wahrscheinlich ihren vollständigen Namen. Und ich könnte mehr über ihren Vater herausfinden. Hatte Sarah wirklich Angst vor ihm, wie Margarete vermutete?

Ich erhob mich, legte das Buch zurück, machte den Schrank zu und legte den Schlüssel in die Schatulle. Leise schloss ich die Tür zu Margaretes Zimmer hinter mir, schlich in meines. Schwer ließ ich mich in mein Bett fallen und schaltete das Licht aus. Gedankenverloren starrte ich an die Wand. Von draußen drang nur das spärliche Licht der Eingangstürlampe in mein Zimmer. Was taten Sarah und Margarete gerade? Ich wälzte mich von einer Seite auf die andere und schloss die Augen.

Ein paar Stunden später wachte ich auf, weil ich einen Körper neben mir spürte. Plötzlich war ich hellwach, starrte verblüfft in das Gesicht meiner Schwester. Sie lag angezogen neben mir im Bett, atmete regelmäßig. So etwas war schon seit einigen Jahren nicht mehr vorgekommen. Früher hatten wir manchmal in einem Bett geschlafen, weil wir uns in der Nacht gefürchtet hatten. Was beschäftigte meine Schwester so sehr, dass sie nicht alleine in ihrem Zimmer schlafen wollte? Nachdenklich betrachtete ich ihr friedliches Gesicht. Sollte ich sie aufwecken?

Als ich in der Früh munter wurde, war Margarete verschwunden. Müde rieb ich meine Augen, hob den Kopf, suchte in meinem Zimmer vergeblich nach ihr. Hatte ich alles nur geträumt?

Ich streckte mich, sprang aus dem Bett. Meine Müdigkeit passte gar nicht zu dem Elan, der mich auf meine Zimmertür zusteuern ließ. Gleich darauf stand ich in Margaretes Zimmer. Sie warf mir aus schlitzförmigen Augen einen müden Blick zu.

„Spinnst du?", sagte sie leise, ihre Augen wurden runder.

„Dir auch einen guten Morgen!", flüsterte ich.

„Was ist los?"

„Warum hast du dich gestern zu mir ins Bett gelegt?", kam ich gleich zur Sache. Margarete richtete sich auf, blickte mich verblüfft an.

„Ich habe was? Wie kommst du denn darauf?"

„Na, als ich aufgewacht bin, hast du bei mir im Bett gelegen. Oder schlafwandelst du?"

„Was redest du denn da? Ich habe Sarah getroffen. Und bin danach ins Bett gegangen. In meines!"

Baff blickte ich meine Schwester an. Ich verstand auf einmal die Welt nicht mehr. Warum log sie mich so dreist an?

„Aha", murmelte ich verwirrt und musterte sie skeptisch. Margarete erwiderte unbeeindruckt meinen Blick.

„Entschuldige."

Ich verließ ihr Zimmer. Kopfschüttelnd sank ich in mein Bett, konnte mir noch immer keinen Reim darauf machen. Flunkerte meine Schwester, weil es ihr peinlich war, wie ein kleines Mädchen bei ihrem jüngeren Bruder Schutz zu suchen? Oder hatte ihr Verhalten mit Sarah zu tun? Oder konnte sie sich wirklich nicht daran erinnern?

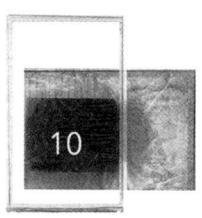

10

Nach der Schule fuhr ich vom Bahnhof mit dem Rad nach Hause. Camillo wollte endlich ein Foto von Sarah sehen und hatte mich wieder mit Fragen nach ihr gelöchert … Gemächlich radelte ich durch den Wald, als plötzlich Sarah vor mir auf die Schotterstraße sprang. Mir rutschte fast das Herz in die Hose. Mit einer Notbremsung kam ich vor ihr zu stehen. Wie einen unheilbringenden Dämon starrte ich sie verdattert an. Sarah musste sich das Lachen verbeißen.

„Hast du sie noch alle?"

„Es tut mir leid, Josua", entgegnete sie, bemüht, ernst zu blicken, aber ihr Grinsen war deutlich in ihrem Gesicht zu erkennen.

„Ja, ja", murmelte ich und stieg vom Fahrrad. Beleidigt presste ich die Lippen fest aufeinander, gleichzeitig freute ich mich, Sarah zu sehen. Abwartend stand sie da.

„Ist schon wieder gut", sagte ich in ihre Richtung. Amatus und Ansgard schienen nicht mit ihr unterwegs zu sein. Zumindest sah ich sie nicht auf einem der Baumwipfel und konnte auch ihr Krächzen nicht hören.

„Ich wollte dich nicht ängstigen", beteuerte Sarah. „Aber ich habe dich näherkommen sehen und dann …"

„… wolltest du mir einen Schreck einjagen", beendete ich ihren Satz.

„A…aber wirklich nur einen klitzekleinen." Sie grinste.

„Es ist dir gelungen", grinste ich nun auch. Plötzlich war die Schwere zwischen uns verschwunden.

„Wieso bist du hier?", wollte ich wissen.

„Du wolltest mir doch den Teich zeigen."

Ich nickte, stieg auf mein Fahrrad.

„Möchtest du mitfahren?"

Sarah nickte. Ich lud sie mit einer Hand ein.

„Bist du ein guter Radfahrer?"

„Ein sehr guter."

„Auch mit Fahrgästen?"

„Das hängt von der Mitfahrerin ab."

„Das riskier ich."

Ehe ich mich versah, setzte sich Sarah auf die Fahrradstange. Anfangs keuchte ich, aber Sekunden später rollten wir zügig die Straße entlang. Ihre Haare dufteten nach Lavendel. Sie flatterten mir immer wieder ins Gesicht. Ich blies sie davon, spürte ihre Schultern, war ihrem Kopf ganz nah. Ausgelassen lachte Sarah, so unbeschwert hatte ich sie bisher noch nie gesehen. Es tat gut, ihr nah zu sein. Wir fuhren auf dem Forstweg durch den Wald, Vogelgezwitscher begleitete uns. Von Sarahs Raben war nichts zu sehen. Als wir die Lichtung mit dem Teich erreichten, verlangsamte ich das Tempo, kam schließlich zum Stehen. Sarah machte keine Anstalten, vom Rad zu steigen, stattdessen sah sie mich neckisch an. Ich beugte mich zu ihr vor. Sie wandte sich nicht ab, ich küsste sie. Danach blickte sie mir schweigend in die Augen. Ob sie meine Schwester traf oder nicht, war mir auf einmal scheißegal.

„Du solltest absteigen", sagte ich.

Sie lächelte, stieg vom Fahrrad, trat auf mich zu. Ihr Gesicht näherte sich meinem, ich strich ihr die Haare zurück, berührte ihr Gesicht sanft mit meinen Fingern. Sie sah mich verletzlich an.

Wir lagen nebeneinander auf dem Steg, blickten uns in die Augen. Über uns tuschelten die Blätter. Der Himmel war wolkenverhangen, aber es machte uns nicht das Geringste aus. Ich versuchte, in Sarahs Gesicht zu lesen, aber sie blieb mir weiterhin ein Rätsel. Ob sie in meinen Augen Antworten fand?

„Ich bin froh, dass du mich heute erschreckt hast", unterbrach ich die Stille zwischen uns. Sarah hob ein wenig die Mundwinkel, wandte den Blick ab von mir. Ich sah sie fragend an. Ein winziges Zucken ging durch ihr Gesicht.

„Ich denke an meine Abreise. Lange kann ich sie nicht mehr hinauszögern."

Ihre Stimme klang ernst, Hoffnungslosigkeit schwang mit. Ein lauter Seufzer folgte. Wieder hob Sarah den Blick, sah über mich hinweg, als ob ihre Zukunft wie ein düsterer Riese hinter mir stehen würde.

„Dann werde ich dich eben besuchen", schlug ich vor.

Sie presste mir einen Kuss auf den Mund. Ich nahm ihre Hand, aber sie wand sie aus meiner, richtete sich auf. Ihr Blick strich über die Wellen des Teiches. Ich betrachtete ihren Rücken, legte meine Hand auf ihre Hüfte.

Da Sarah nicht darauf reagierte, setzte ich mich neben sie, umarmte sie, schmiegte mich an sie.

„Ich werde eines Tages zurückkommen und dich wiedersehen", sagte sie leise.

„Aber lass dir nicht zu lange Zeit."

Ich lächelte sie an. In ihrem Gesicht lag eine Schwermut, die ich nicht verstand. Auf einmal hauchte sie mir einen Kuss auf die Wange.

„Ich muss gehen. Amatus und Ansgard warten sicher schon auf mich. Ich darf mich nicht zu lange von ihnen entfernen."

„Es sind doch nur Raben, die können ruhig auf dich warten", meinte ich trotzig. Sanft löste sich Sarah aus meiner Umarmung, zupfte sich ihren schwarzen Mantel zurecht.

„Triffst du dich heute mit Margarete?", fragte ich.

„Würde es dich stören?"

„Nein. Es ist nur seltsam. Ich habe noch nie eine Freundin von ihr geküsst."

Sarah strich mir zart lächelnd übers Gesicht, drehte sich auf dem Absatz um und eilte über den Steg davon.

Am Abend saß Margarete an ihrem Schreibtisch und schrieb in ihr Tagebuch. Als ich ihr Zimmer betrat, hielt sie demonstrativ die Hand über ihre Notizen.

„Bitte lass mich alleine", forderte sie mich auf.

Ohne lange zu diskutieren, verließ ich den Raum wieder. Ich schrieb eine halbe Stunde mit Camillo, der wieder Fragen zu Sarah stellte, ehe ich das Handy auf meinen Schreibtisch legte. Von den Küssen erzählte ich ihm aber kein Wort. Ich drehte das Licht aus, setzte mich auf den Schreibtisch und blickte nach draußen in die Dunkelheit. Die Nacht war schwärzer als die vorangegangenen. Ob Sarah heute kommen würde? Sollte ich Margarete fragen?

Sarah hatte mir ihre Handynummer mit der Ausrede, sie wechsle die Nummer oft, nicht gegeben. Dafür wollte sie aber meine Handynummer.

Die ersten Regentropfen begannen zu fallen. Anfangs wenige, doch schnell trommelte es unaufhörlich auf unser Dach. Ich hoffte, dass das heruntergekommene Haus dicht war. Einmal noch blickte ich hinaus zur Wiese, sah wie die Tropfen die Fensterscheibe hinunter kullerten, dann ging ich zu Bett und wickelte mich fest in meine Decke ein. Ich schloss die Augen, schlief mit Sarahs Gesicht vor mir ein.

Der Regen hatte in der Früh aufgehört. Als ich den Bahnhof erreichte, saß Sarah im schwarzen Mantel auf der Lehne einer Holzbank. Amatus und Ansgard trippelten über das Dach des Fahrradständers. Meine Schwester konnte ich nirgendwo entdecken. War sie schon mit einem früheren Zug in die Stadt gefahren?

„Hey!", begrüßte ich Sarah. Sie lächelte mich an, nickte mir zu. Schnell schloss ich mein Fahrradschloss ab und ging lässig auf das Mädchen im schwarzen Mantel zu. Bevor ich sie erreichte, sprang Sarah von der Bank und kam mir entgegen. Ich wollte sie auf den Mund küssen, aber sie hielt mir nur ihre Wange hin. Irritiert drückte ich ihr einen Kuss auf. Mochte sie es nicht, in der Öffentlichkeit geküsst zu werden?

„Begleitest du mich in die Schule?", witzelte ich. Sarah schüttelte den Kopf. Mein Zug fuhr ein. Ich nahm Sarah an der Hand, zog sie auf den Bahnsteig. Ein paar Schüler aus dem Dorf musterten Sarah abschätzig. Oder bildete ich es mir nur ein? Wir hatten noch zwei Minuten.

„Komm mit in die Stadt! Wir könnten dort in ein Café gehen?"

„Du sollst in die Schule gehen. Damit etwas aus dir wird."

Sarah lachte. Ich drückte den Knopf, um die Tür zu öffnen. Fragend schaute ich Sarah an, zögerte. Die Raben linsten zu uns herüber. Ein Krächzen ließ das Mädchen aufschrecken.

„Ich kann nicht. Nicht heute."

„Aber warum bist du dann so früh hergekommen?"
Sie lächelte mich nur wissend an, schwieg aber. Das kannte ich von ihr ja bereits. Eine Stimme aus dem Lautsprecher

kündigte an, dass der Zug abfahren würde. Ich ließ Sarah los, stieg ein, drehte mich zu ihr um.

„Kommst du doch mit? Oder soll ich hierbleiben?", fragte ich schnell. Sie schüttelte den Kopf. Die Tür schob sich zwischen uns. Durch die Glasscheibe warf ich ihr einen Kuss zu. Sie hielt ihre Hand vor den Mund, als sei sie schockiert. Wir kicherten, dann setzte sich der Zug in Bewegung. Sarah blieb stehen, lief nicht mit dem abfahrenden Zug mit, winkte mir nur. Unsere Augen hielten einander fest, solange es ging. Häuser zogen vorbei, Firmengebäude, Wälder, Sträucher. Ich trat ins Abteil. Kurz darauf erreichte mich eine SMS von Margarete. Sie wollte heute nicht in die Schule gehen, sondern sich mit Sarah treffen. Ich traute meinen Augen nicht, als ich die Zeilen las. Zornig ballte ich die Fäuste. Wieso hatte mir Sarah kein Wort davon erzählt? Sie hatte also gar nicht auf mich gewartet, sondern auf meine Schwester. Außer mir sank ich auf den Stuhl und ließ die Welt an mir vorbeirauschen.

Nach der Schule machte ich mich, immer noch wütend, auf den Weg zu Sarah. Aufgrund des Regens standen Pfützen auf dem Forstweg zum heruntergekommenen Haus. Mein Herz pochte heftig in meiner Brust, aber die Grüntöne des Waldes beruhigten mich. Nach zwanzig Minuten erreichte ich den astlosen Wald. Ich eilte durch die unbehagliche Gegend, ohne nach links und rechts zu schauen. Mit einer Nuss zwischen den Zähnen auf einem Stuhl sitzend traf ich Sarah an. Sie stieß krächzende Laute aus. Wie aus dem Nichts flog einer der Raben herbei, landete auf ihrer Schulter, pickte sich die Nuss aus ihrem Mund und flatterte wieder davon. Sarah lobte ihn, steckte sich aber sofort die nächste Nuss zwischen die Zähne.

„Ansgard!", rief sie. Gleich darauf flog der Rabe herbei. Mit der Nuss im Schnabel landete er neben seinem Rabengefährten auf einem dicken Ast eines Nussbaums. Sarah applaudierte den beiden, ehe ihr Blick in meine Richtung streifte.

„Josua!"

Ich trat hinter meinem Versteck hervor, winkte ihr und ging auf sie zu.

„Wann ist Margarete gegangen?", fragte ich gereizt.

Lässig stand Sarah auf, ließ mich aber nicht aus den Augen.

„Wir haben einen Ausflug gemacht", erklärte sie mir ruhig.

„Margarete wird dir gewiss mehr davon erzählen."

„Ich möchte es aber von dir hören."

Sarah lächelte milde, ließ mich stehen, schritt auf das Haus zu. Vor der Eingangstür drehte sie sich um.

„Was ist? Kommst du?"

Schwerfällig setzte ich mich in Bewegung. Die beiden Raben beobachteten uns misstrauisch. Muffige Luft schlug uns im Haus entgegen. Vier Sessel und ein Tisch standen herum. In der Ecke lag eine aufgeblasene Luftmatratze mit einem Schlafsack, sonst war der Raum leer. In der Küche befanden sich eine Trinkflasche, Äpfel, Brot und Käse. Nicht gerade einladend dieser Ort, aber merkwürdigerweise vertrieb er meinen Ärger.

„Kannst du hier duschen? Gibt es Wasser?"

Sarah sah mich überrascht an.

„Rieche ich etwa?"

„Nein, nein. Aber du kannst gerne unser Bad benutzen, falls du hier …"

Ich zog sie an mich, schloss sie so fest in meine Arme, dass ich ihre Knochen spüren konnte.

„Nein. Du duftest wie ein verbotenes Parfüm. Ich bin süchtig danach", flüsterte ich ihr ins Ohr. Ihr Blick wurde weich. Langsam sanken wir zu Boden, ohne uns loszulassen, hörten plötzlich, wie die Luftmatratze unter uns fürchterlich knarzte. Wir prusteten los. Als wir uns wieder gefangen hatten, lag Sarah mit dem Kopf auf meiner Brust und starrte an die Wand. Ihre Haare kitzelten mich am Hals. Von draußen konnten wir das Krächzen der Raben hören.

„Deine Schwester ist meine Freundin. Sie legt fest, was du wissen sollst und was nicht. So wie Freundinnen es eben machen."

„Hast du ihr von uns erzählt?"

Da Sarah den Kopf schüttelte, war ich beruhigt. Behutsam streichelte ich ihr Gesicht. Eine Augenbraue war unterbrochen. Ihre Haut war kühl. Ich hätte stundenlang so daliegen können.

„Warst du schon einmal hier?", wollte ich wissen.

Sarah nickte gedankenverloren.

„Vor vier Jahren. Eine Frau hat hier gewohnt und mich für ein paar Tage aufgenommen."

Sarah nahm meine Hand, küsste sie.

„Schade, dass ich dich damals nicht getroffen habe. Hast du ein Foto aus der Zeit?"

„Ich mache keine Selfies."

Sarah hob den Kopf, sah mir verliebt in die Augen. Wie gerne verlor ich mich in der Tiefe ihrer Augen.

„Hast du die Frau wiedergesehen?"

Sarah schüttelte den Kopf.

„Sie wurde im Wald leblos aufgefunden. Schlaganfall. Das muss auch etwa vor vier Jahren gewesen sein", überlegte ich laut. „Seitdem steht das Haus leer. Dann hast du Glück gehabt, ihr noch vor ihrem Tod zu begegnen."

Sarah nickte gedankenversunken, strich mir die Haare aus dem Gesicht, küsste mich lange und dann seufzte sie. Fragend blickte ich sie an.

„Ich habe gestern noch mit meinem Vater telefoniert. Er möchte, dass ich meinen Auftrag endlich ausführe und nach Hause komme."

Meine Mundwinkel gingen nach unten. Wir blickten uns traurig in die Augen. Plötzlich setzte heftiges Schreien der Raben ein. Sarah sprang auf, eilte mit schnellen Schritten zur Tür und riss sie auf. Ein böser Blick von Sarah ließ die beiden Vögel verstummen. Sie verharrte unterm Türstock, ehe sie sich wieder zu mir drehte.

„Ich werde nochmal mit ihm reden. Wenn er gut gelaunt ist, schenkt er mir vielleicht noch den ein oder anderen Tag hier."

„Hoffentlich."

Auf dem Nachhauseweg drehten sich meine Gedanken nur um Sarah. Ich konnte mir keinen Reim darauf machen, was sie im Dorf trieb. Im Dorfladen hatten sie nicht über sie gesprochen, obwohl sie neu war. Wenn andere Menschen ins Dorf kamen, sprach sich das normalerweise schnell herum. Auch beim Fleischhauer war Sarah nie Gesprächsthema,

ebenso wenig wie im Supermarkt. Von Einbrüchen hatte ich
bisher auch nichts im Dorf gehört. Wo hielt sie sich dann die
ganze Zeit auf, wenn wir uns nicht trafen? Mied sie das Dorf
und streunte durch den Wald? Wohin führten sie sonst die
Raben? Und welche Rolle spielte ihr Vater dabei?

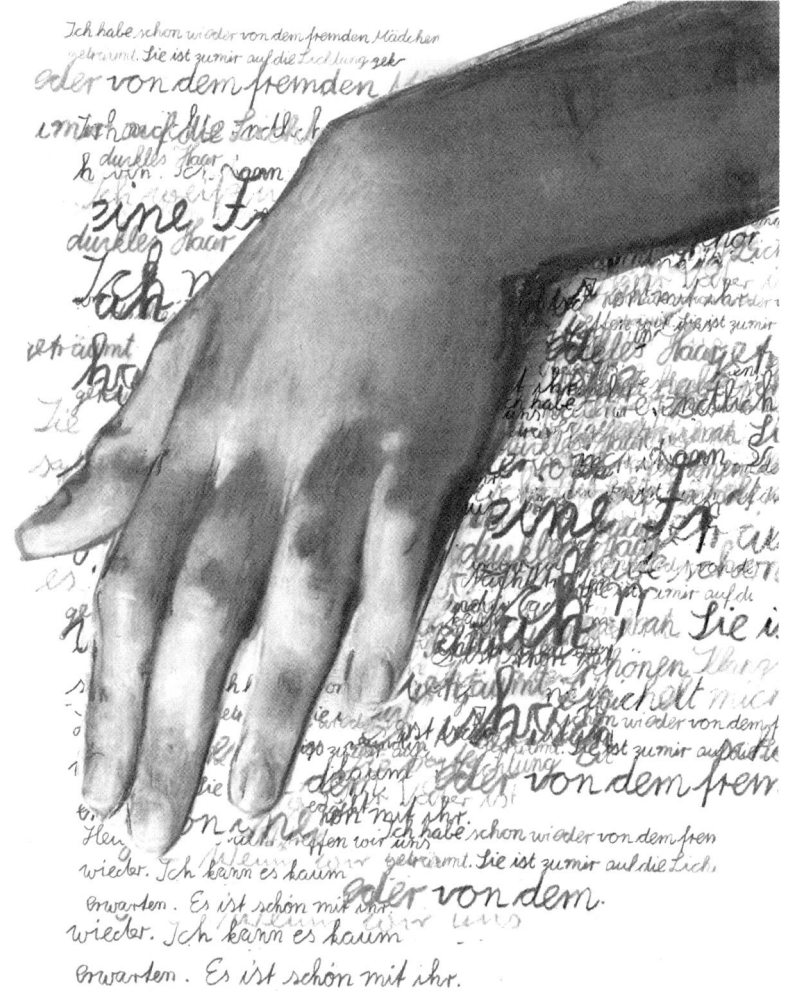

Ich habe schon wieder von dem fremden Mädchen
geträumt. Sie ist zu mir auf die Lichtung gek-
oder von dem fremden M
im Traum auf die Lichtl
h dunkles Haar zusam
eine Fr
dunkles Haar
Ich m
verträumt
Sie
es
ge

Heu
wieder. Ich kann es kaum
Erwarten. Es ist schön mit
wieder. Ich kann es kaum

Erwarten. Es ist schön mit ihr.

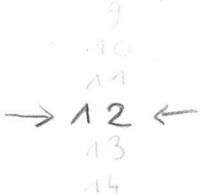

Meine Schwester hatte mir nicht verraten, wo sie und Sarah gewesen waren. Nach einem kurzen Streit herrschte nun Funkstille zwischen uns. Um Mitternacht klopfte jemand gegen meine Fensterscheibe. Es dauerte einige Minuten, bis ich merkte, dass ich nicht träumte. Ich schlich zum Fenster, blickte überrascht in Sarahs Gesicht. So leise wie möglich öffnete ich das Fenster.

„Habe ich dich geweckt?", fragte sie nur spöttisch.

„Wieso? Nein. Willst du zu mir oder zu meiner Schwester?"

„Kommst du mit in den Wald?"

„Du könntest auch reinkommen."

Sie schüttelte den Kopf. Ihr entschlossener Blick signalisierte mir, dass ich sie nicht umstimmen konnte. Schnell schlüpfte ich in meine Jeans und meine Socken, zog mir einen Pullover über, schnappte mir meine Kapuzenweste und stieg in meine Schuhe. Wenig später sprang ich vom Fensterbrett auf die Wiese. Hinter mir zog ich das Fenster zu, sodass ich es nur mehr aufdrücken musste, wenn ich zurückkommen würde. Interessiert beobachtete mich Sarah dabei. Ich presste meinen Zeigefinger gegen meine Lippen. Der Himmel war pechschwarz. Es dauerte Sekunden, ehe sich meine Augen an die Dunkelheit gewöhnt hatten. Erst als wir die Wiese überquert hatten, griff Sarah nach meiner Hand. Ich schloss meine Finger um ihre. Wie immer waren ihre Finger kalt, aber ihr Griff fest. Schweigend gingen wir durch den Wald. Ich fragte mich die ganze Zeit, wohin sie mich führen wollte. Hatte sie überhaupt ein Ziel? Sie blieb auf einmal stehen, drehte sich zu mir, küsste mich. Wieso war sie nicht in mein Zimmer gekommen? Dort war es doch viel gemütlicher … Als hätte sie meine Gedanken gelesen, löste sie sich aus meiner Umarmung.

„In deinem Zimmer ist es mir zu gefährlich", sagte sie. Natürlich verstand ich, worauf sie hinauswollte.

„Wohin sollen wir dann gehen? Zu dir?"

Sie schüttelte den Kopf.

„Dort sind Amatus und Ansgard. Es ist nicht einfach, sich vor ihnen davonzustehlen", erklärte sie mir.

„Aber du hast sie aufgezogen. Sie tun doch, was du möchtest."

Ich hörte, wie Sarah auflachte. Schnell griff ich nach ihrer Hand, zog sie an mich. Wir schmusten. Ewig. Nur das Rauschen der Blätter, das Knacken der Zweige und der entfernte Ruf eines Uhus waren nächtliche Zeugen. Ich wollte ihren Mantel öffnen, aber das ließ sie nicht zu. Ihre Finger lösten sich von meinen, sie lief ein paar Schritte. Für Sekunden verlor ich sie aus den Augen, da sie im Schatten einer mächtigen Tanne stand. Panik überkam mich. Doch dann trat sie wieder an eine hellere Stelle.

„Gehen wir zum Teich", schlug sie vor.

„Aber nur, wenn du nicht nach einer halben Stunde wieder davonläufst, sobald ein Rabe krächzt. Oder die Welt untergeht."

„Versprochen."

In der Dunkelheit saßen wir am Steg. Sarah hatte ihren Kopf an meine Schulter gelegt. Der Teich lag undurchdringlich vor uns. Manchmal hörten wir den Schrei eines Waldkauzes. Ich mochte es, so dazusitzen. Ob wir bis zum Sonnenaufgang hier ausharren würden? Hoffentlich.

„Im Schwarz des Teichs sehe ich Gesichter", sagte Sarah auf einmal. Ich schwieg. Gesichter konnte ich keines auf der dunklen Oberfläche erkennen.

„Es kommt mir so vor, als ob es Gesichter von Bekannten sind. Dabei sind es Fremde, die ich nur ein einziges Mal gesehen habe", fuhr Sarah mit düsterer Stimme fort, starrte auf die schwarze Ebene.

„Tag für Tag, Nacht für Nacht werden es mehr", flüsterte sie mehr zu sich selbst als zu mir. Ich legte einen Arm um ihre Schulter, streichelte sie. Sie schmiegte sich enger an mich, verstummte.

„Und? Hast du noch einmal mit deinem Vater gesprochen?"

Sarah schüttelte den Kopf.

„Wir sollten gehen", meinte sie plötzlich. Obwohl ich damit gerechnet hatte, ärgerte es mich.

„Du hast mich mitten in der Nacht aus dem Bett gerissen. Wir bleiben hier."

In der Waldesruhe klang meine Stimme strenger, als ich beabsichtigte. Sarah atmete laut aus, blieb aber sitzen.

Als die Sonne sich im Teich spiegelte, wachte ich auf. Ich lag auf dem Rücken am Steg. Sarah saß noch immer auf ihrem Platz. Hatte sie nicht geschlafen? Durch das Blätterdach brach ein Lichtstrahl, sodass sich um Sarahs Kopf ein

Lichtkranz bildete. Beeindruckt betrachtete ich sie. Vermutlich spürte sie meinen Blick in ihrem Rücken, da sie sich zu mir drehte und mich anlächelte. Ich richtete mich auf, küsste sie.

„Guten Morgen!"

„Hey!"

„Wenn wir Raben wären, würden wir uns jetzt gegenseitig mit den Schnäbeln die Federn kraulen. So zeigen sie ihre Zuneigung."

Ich sah sie belustigt an, beugte mich vor und biss sie sanft in den Hals. Sie lächelte.

„Kraulen habe ich gesagt."

„Beim nächsten Mal.

Ich sah ihr in die Augen.

„Wir müssen gehen", sagte ich.

„Das ist normalerweise mein Satz."

Wir lachten, küssten uns noch einmal. Dann gingen wir Hand in Hand durch den Wald und lösten uns erst an der Abzweigung voneinander. Ich drehte mich um, blickte Sarah nach. Ihr Mantelsaum wiegte sich mit jedem Schritt. Am Himmel sah ich Amatus und Ansgard näherkommen. Bald würden die drei Gefährten wieder vereint sein.

Die Wiese lag saftig vor mir da. Dann und wann konnte ich kleine Wassertropfen vom Morgentau auf den Stängeln der Blumen erkennen. Meine Schuhe waren ebenso feucht wie meine Jeans. Die Sonne kroch schüchtern höher. Ihre Strahlen wärmten mir den Rücken, als ich durch das knöchelhohe Gras auf unseren Hof zu stapfte. Da ich kaum geschlafen hatte, fühlte ich mich wie benommen, aber glücklich. Ob Sarah mit ihren beiden Raben zum heruntergekommenen Haus gegangen war?

Als ich das Fenster aufschob und in mein Zimmer kletterte, lag Margarete in meinem Bett. Was sollte denn das schon wieder?

„Guten Morgen“, begrüßte sie mich. Anscheinend hatte sie unseren Streit vergessen. Brummig nickte ich ihr zu, schloss das Fenster und ließ mich neben ihr ins Bett fallen. Der Wecker zeigte fünf Uhr dreißig an.

„Hast du Sarah getroffen?“, fragte meine Schwester, während ich mit geschlossenen Augen neben ihr lag. Ich spürte ihren Blick auf meinem Gesicht.

„Ja“, murmelte ich.

„Und was habt ihr gemacht?“

„Wir waren beim Teich und haben geredet.“

Plötzlich richtete sie sich auf.

„Hast du sie geküsst?“

Ich schwieg, öffnete auch nicht die Augen, aber mein verschmitztes Lächeln verriet mich.

„Oh, Gott! Du bist verloren.“

Nun riss ich die Augen auf, weil mich irritierte, was Margarete da von sich gab. Ihr Blick war ernst, aber wohlwollend.

„Wieso verloren?“

Ich muss sie wohl ziemlich entgeistert angesehen haben.

„Du siehst jetzt alles wie durch rosa Zuckerwatte. Ich mag sie ja auch, aber … ich … ich glaube, mit ihr stimmt etwas nicht.“

„Ah, auf einmal?“

Das Gespräch nervte mich zusehends. Was war bloß in meine Schwester gefahren?

„Hast du etwas Merkwürdiges in ihrer Gegenwart bemerkt?", ließ Margarete nicht locker.

Konnte sie nicht einfach abhauen oder den Mund halten und mich in Ruhe schlafen lassen? Ich gähnte, ließ sie zappeln. Ich wollte einfach noch eine Stunde schlafen, um später halbwegs zu funktionieren.

„Neeeiiiin", sagte ich laut und drehte mich weg von ihr.

„Ich gönne dir dein Glück ... aber versprich mir, dass du vorsichtig bist", sagte sie beschwörend.

„Jaaa", antwortete ich, drehte mich wieder zu ihr, da mich die Sache beschäftigte. Margarete tat geheimnisvoll, blickte sich um, als wolle sie sich vergewissern, dass uns niemand belauschte. Mit großen Augen fixierte sie mich.

„Ich glaube, sie ist kein Mensch", flüsterte sie mir mit voller Überzeugung ins Ohr. Ich hätte laut auflachen können, verkniff es mir aber. Vielmehr warf ich ihr einen entgeisterten Blick zu. Meine Schwester teilte zwar Menschen in Farben ein, konnte Wörter in Farben und Bildern sehen und besaß ein ausgesprochen feines Gehör, aber wie kam sie denn auf einmal auf so einen Mist?

„Was ist sie dann?", wollte ich schließlich wissen.

„Ein Dämon. Oder ein Geist", behauptete sie mit eindringlichem Blick. Ich konnte es nicht fassen.

„Hast du einen Horrorfilm gesehen? Gekifft oder gestern schlecht geträumt?"

Margarete drehte eine ihrer Locken um ihren Zeigefinger, runzelte die Stirn und sah mich ungerührt an.

„Sie wirft keinen Schatten. Und die Tiere meiden sie. Außerdem ist der Wald, seit sie in ihm wohnt, viel lauter geworden. Er flüstert unentwegt, als habe er Angst. Auch in der Nacht."

Die Überzeugung, mit der meine Schwester sprach, alarmierte mich. Fieberhaft überlegte ich, ob Sarah wirklich keinen Schatten warf. Ehrlich gesagt hatte ich nicht darauf geachtet.

„Du hast sie doch bisher ausschließlich in der Nacht getroffen. Da wirft niemand einen Schatten. Außerdem sind Waldtiere scheu, sofern sie nicht an Tollwut erkrankt sind. Und im Dunkeln schwer auszumachen. Und was ist eigentlich mit ihren beiden Raben? Die hat sie doch als Jungvögel gefunden und aufgezogen."

„Die Raben. Vielleicht sind die auch Geister?"

Verblüfft sah ich Margarete an. Ich wusste, dass Sarah aus Fleisch und Blut war. Ich wusste, wie es war, sie im Arm zu halten und sie zu küssen. Gewiss, ihre Haut war bleich und kalt. Sonst unterschied sie sich aber nicht von anderen Mädchen.

„Wie kommst du bloß auf so einen Schwachsinn?", konnte ich mir nicht verkneifen.

„Ich dachte, gerade du verstehst das. Da habe ich mich wohl getäuscht."

„Es gibt keine Geister, das weißt du so gut wie ich. Also, wovor hast du dann Angst?"

Mit ernstem Blick betrachtete ich meine Schwester. Sie funkelte mich angriffslustig an. Meine Armhärchen stellten sich auf.

„Oder bist du traurig, weil sie weggeht? Und du dann wieder keine Freundin hast. Ist das der eigentliche Grund, weshalb du sie auf einmal schlecht machst?"

Vehement schüttelte Margarete den Kopf, warf mir einen abschätzigen Blick zu, stieg aus dem Bett und verließ mein Zimmer. Verständnislos blickte ich ihr nach. Drehte sie nun völlig durch? Wieder dachte ich an die Zärtlichkeiten mit Sarah am Steg. Geister küssen nicht, das stand für mich fest. Ich lachte laut auf. Weshalb dachte ich überhaupt über den Schwachsinn meiner Schwester nach?

Später am Morgen ging Margarete an mir im Flur vorbei, ohne mich zu beachten. Ich blickte ihr herausfordernd in die Augen, aber sie wandte sich sofort von mir ab, schloss die Badezimmertür hinter sich. Als ich im Bad war, hatte sie ihr Frühstück in die Schultasche gepackt, sich auf ihr Fahrrad geschwungen und war zum Bahnhof gebrettert. Meine Eltern traf ich kopfschüttelnd am Frühstückstich an. Der Platz meines Großvaters war leer. Er stand meist schon um sechs Uhr auf, trank nur einen Kaffee, aß ein Croissant und verschwand dann den ganzen Vormittag in seiner Werkstatt. Meine Mutter erzählte mir, dass sie geschäftlich in die Schweiz zu einem Kunden musste. Sie war Programmiererin. Mein Vater versprach, zu Hause den Laden am Laufen zu halten. Er arbeitete in einer Druckerei als Grafiker. Ich wollte eigentlich nur meine Ruhe haben, egal wer zu Hause war oder nicht, und nach der Schule Sarah treffen. Uns blieb, so wie sie angedeutet hatte, nicht mehr allzu viel Zeit, und dieser Gedanke beunruhigte mich. Geist oder nicht Geist, ich wollte sie jedenfalls noch so oft wie möglich küssen. Plötzlich musste ich wieder grinsen, weil mir Margaretes Hirngespinste immer abgefahrener vorkamen. Hoffentlich erzählte sie in der neuen Schule nichts davon, sonst würde sie sofort wieder als Freak in der Klasse gemobbt werden. Ich glaubte ihre Vermutungen zwar nicht, aber sie war meine Schwester und natürlich stand ich an ihrer Seite.

Am Bahnhof der Stadt sah ich Margarete auf einer Bank mit Caro sitzen. Sie ignorierten mich. Seit wann traf sie sich wieder mit der? Wegen Caro gab es zwischen Margarete und meinen Eltern gehörig Zoff. Die beiden waren nämlich beim Stehlen im Supermarkt erwischt worden, außerdem ging Caro auf Techno-Partys und warf sich Zeugs ein. Traf Margarete Caro nur, um mir eins auszuwischen? Obwohl sie den Blick abwandten, nickte ich ihnen zu und machte mich zu Fuß auf den Weg in die Schule. Bei der Busstation traf ich Camillo. Wie immer hatte er seine weißen Stöpsel im Ohr und hörte mich nicht, als ich auf ihn zukam. Erst als ich direkt vor ihm stand, nickte er mir zu. Wir umarmten uns flüchtig, klatschten uns ab, dann gingen wir gemeinsam weiter. Für einen Moment diskutierten wir, ob wir die Schule besuchen sollten oder nicht. Da ich gerade erst geschwänzt hatte, gingen wir doch hin. Auf dem Weg trafen wir Ella, Danny und Murat, alle aus unserer Klasse. Wir hatten eine gute Gemeinschaft in der Klasse, aber mein bester Kumpel war Camillo. Nach dem Unterricht lungerten wir meist in unserem Stammcafé herum. Seit Sarah im Dorf war, schränkte ich das ein. Dafür erntete ich von Camillo spöttische Bemerkungen, aber die hielt ich aus. Wenn ich an ihren Abschied dachte, spürte ich einen Klumpen im Hals. Camillo bot mir wie immer eine Zigarette an, wie immer lehnte ich ab. Die anderen pafften eine, dann gingen wir in die Anstalt, wie wir unsere Schule bezeichneten.

In unserem Stammcafé traute ich meinen Augen nicht, als ich meine Schwester in einer dunklen Ecke völlig besoffen mit einem Typen herumknutschen sah: Camou. Caro grinste mich blöd an, als sie mich hereinkommen sah. Sie war ebenso dicht wie meine Schwester, und ein Typ hatte die Hand auf ihrem Schenkel. Margarete trank nie Alkohol – bis auf heute. Andere Drogen nahm sie aus Prinzip nicht. Sie sah ohnehin schon mehr, als sie wollte. Camillo ahnte wohl, was ich gleich tun würde.

„Lass sie. Sie ist alt genug.“

„Ja. Aber nicht mit diesem Typen. Das ist ein Arschloch!“

Schnurstracks ging ich auf den Tisch meiner Schwester zu. Camillo folgte mir. Er war kein Typ, der einen in Stich ließ. Mir kam es so vor, als ob plötzlich die Zeit stillstand. Zumindest hatte ich das Gefühl, dass mich alle im Lokal anstarrten. In dem Moment war ich froh, dass ich gut einen Meter neunzig groß bin. Als ich vor ihrem Tisch stand, blickten mich alle vier an.

„Josua!“, freute sich meine Schwester. Der Alkohol hatte ihren Grant wohl aus dem Gehirn geblasen. Camou trug wie immer seine Camouflagehose. Sein Blick war genauso zugedröhnt wie der meiner Schwester.

„Komm, Margarete. Wir fahren nach Hause.“

Meine Schwester sah mich an, als würde sie nicht verstehen. Sie wandte sich Camou zu, stieß ihm die Zunge in den Mund und ließ mich einfach blöd dastehen. Ich beugte mich über den Tisch, fasste sie am Arm. Sie drehte sich wie in Zeitlupe um.

„Josua! Du willst schon gehen? Warum?“, lallte sie.

Camou grinste mich nur schwachsinnig an, weil er genauso hinüber war wie Margarete. Caros Typ ballte die Fäuste, aber Caro flüsterte ihm etwas ins Ohr, das ihn beruhigte. Meine Hand auf dem Arm meiner Schwester wurde schwerer. Margarete seufzte, beugte sich dann zu Camou vor.

„Schmetterling, ich muss gehen."

Er nickte nur, ohne eine Miene zu verziehen. Margarete stand schwerfällig auf. Da sie nicht alleine stehen konnte, stützte ich sie. Sie drängte sich an Caro vorbei und drehte sich am Tisch noch einmal um.

„Es war schön mit euch. Aber küssen kann er nicht", sagte sie und drehte sich weg vom Tisch. Am Ausgang bezahlte ich die Rechnung meiner Schwester und verabschiedete mich von der Kellnerin. Camillo und ich hatten große Mühe, Margarete aus dem Café zu bekommen. Draußen gingen wir, sie stützend, Richtung Bahnhof. In einem kleinen Park setzten wir sie auf eine Holzbank. Camillo kaufte beim türkischen Laden Mineralwasser und Cola. Als er zurückkam, musste sich meine Schwester gerade neben der Bank übergeben. Sie achtete darauf, nicht auf eine der Narzissen zu kotzen. Herzig. Camillo und ich warfen uns belustigte Blicke zu. Meine Schwester spie sich die Seele aus dem Leib. Nach ein paar Minuten war das Schauspiel zu Ende. Teilnahmslos saß sie da, starrte ins Leere. Ich nahm ein Taschentuch, wischte ihr den Speichel von der Wange und den Lippen.

„Danke."

„Geht es wieder besser?"

„Wenn besser scheiße heißt."

Margaretes Gesicht war so weiß wie Sarahs Beine. Sie atmete laut aus, fischte ein Taschentuch aus ihrer Hosentasche und wischte sich noch einmal den Mund ab. Dann blickte sie mich an.

„Fahren wir nach Hause?"

Wir radelten gemächlich nebeneinanderher. Hin und wieder stieß Margarete Magensaft auf und war knapp davor, sich neuerlich zu übergeben. Ihre Gesichtsentgleisung kommentierte ich so, dass sie lachen musste, stehen blieb und mit dem Fahrrad in eine Wiese stürzte. Ich stellte mein Rad ab und zog sie an der Hand hoch.

„Mit Sarah stimmt trotzdem etwas nicht", sagte Margarete auf einmal.

„Und wieso musst du deswegen mit Camou rummachen?"

„Weiß nicht, warum. Er ist so … so bunt. Das hat sich so ergeben. Er soll im Bett gut sein."

„Wer behauptet das?", wollte ich wissen. In Bezug auf Camou war ich verspannt. Margarete zuckte mit den Achseln.

„Deine sogenannten Freundinnen? Caro? Camou ist ein Abstauber. Er baggert nur die Besoffensten an. Die meisten Mädchen wissen nachher gar nicht mehr, was passiert ist …"

„Schon gut. Du brauchst dich nicht so aufregen. Ist ja eh schon wieder vorbei. Und woher weißt du das alles?"

„Von einer Schulkollegin, der Camou passiert ist."

Die Antwort schien Margarete zu reichen. Sie stieg auf ihr Fahrrad, trat diesmal kräftiger in die Pedale. Ich hatte Mühe, sie noch einzuholen. Bei ihrer Lichtung hielt sie an. Sie ließ ihr Fahrrad einfach ins Gras fallen, ging ein paar

Schritte, legte sich dann mitten in die Buschwindröschen auf den Rücken. Der Boden war gewiss noch ganz kalt. Ich stellte mein Fahrrad auf den Ständer. Die Blätter raschelten. Margarete hatte die Augen geschlossen. Ich hockte mich neben sie. Überall die weißen kleinen Blüten um ihren Körper herum.

„Ich habe höllische Kopfschmerzen. Und meine Augenhöhlen tun weh", sagte sie, ohne die Augen aufzumachen. „Ich trinke nie wieder Wein."

„Leg dich zu Hause ins Bett, versuch zu schlafen. Das hilft."

„Danke." Sie drehte den Kopf zu mir. „Danke fürs Retten."

Meine Schwester verschlief den Nachmittag. Glücklicherweise bekam mein Großvater von ihrem Absturz nichts mit. Er arbeitete in seiner Werkstatt, während Margarete sich in ihr Zimmer verkrümelt hatte. Am liebsten wäre ich in Margaretes Zimmer gegangen, um in ihrem Tagebuch zu lesen. Wieso hatte sich ihre Meinung über Sarah schlagartig geändert? Geduld war nicht unbedingt eine meiner Stärken, aber diesmal blieb mir keine andere Wahl. Im Rekordtempo machte ich meine Hausaufgaben, danach stahl ich mich aus dem Haus.

Dunkel und mächtig erhob sich die Eiche vor mir auf der Lichtung. Mehr als tausend Jahre stand sie an diesem Platz. Ihr Stamm war über eineinhalb Meter breit, die Rinde breit durchfurcht. Manche ihrer Äste waren so dick wie ein Mensch. Sie zeigten in alle Himmelsrichtungen. Ich saß auf dem kalten Erdboden, lehnte mich gegen den Stamm. Da ich im Gras hinter mir ein Geräusch hörte, schreckte ich herum. In sicherem Abstand auf der Wiese äste ein Reh. Es blickte in meine Richtung, stapfte gemächlich auf den Wald zu. Schon wollte ich mich wieder der Eiche zuwenden, als sich der Himmel über den Baumkronen auf einmal verdunkelte. Beunruhigt starrte ich auf die schwarze Wolke, die aus Westen auf mich zukam. Raben! Hunderte! Ihr aufgeregtes Gekrächze hüllte den Wald ein. *Rarara! Ra! Kra! Rara! Krakra! Rak, rak! Kra!*

Woher kamen all diese schwarzen Vögel? Von den Feldern? Ich hatte schon früher Rabenschwärme gesehen, aber noch nie einen so riesigen. Hektisch suchte ich den Lichtungsrand mit meinem Blick nach einem Versteck ab. Sollte ich in den Wald laufen? Was bedeuteten die vielen Vögel?

Ich sprang auf, eilte auf den Waldrand zu, denn im Forst würde ich dem Schwarm nicht so hilflos ausgeliefert sein. Bevor ich den Wald erreichte, trat plötzlich Sarah hinter einer Tanne hervor. Ihre Gegenwart wühlte mich noch mehr auf. Wieso war sie hier? Hatte sie von der Ankunft der Raben gewusst? Hatte sie die Vögel sogar selbst gerufen?

Ich musste mich von Sarah abwenden, denn das Krähen, Krächzen und Schreien wurde fast unerträglich. Es hallte in meinem Kopf. Ich wollte nur mehr, dass es aufhörte, legte meine Hände auf die Ohren. Die dunkle Wolke kam näher, glitt über die Baumwipfel am Lichtungsrand hinweg direkt auf mich zu. Panik überkam mich. War ich das Ziel der Raben, weil ich in Margaretes Tagebuch gelesen hatte? Wollten mich die schwarzen Vögel dafür bestrafen? Solch irre Gedanken suchten mich heim, als der Vogelschwarm auf mich zuflog. Instinktiv duckte ich mich, als ich im Schatten der schwarzen Wolke stand. Raben, Krähen, Kolkraben und Dohlen flatterten wie eine verschworene Gemeinschaft über mich hinweg auf die mächtige Eiche zu. Sarah stand schweigend lächelnd neben mir. Fasziniert und mit einem mulmigen Gefühl zugleich beobachtete ich, wie die Vögel graziös auf den Ästen der Eiche landeten. In Reihen zu viert oder noch mehr nebeneinander. Als auch der letzte Vogel seinen Platz eingenommen hatte, verstummten sie schlagartig und eine geheimnisvolle Stille breitete sich von der Eiche über die Lichtung hinweg im Wald aus. Die dunklen Vögel schienen mich wie dunkle Dämonen anzugrienen, vermutete ich anfangs, doch dann wurde mir schlagartig klar, dass ihre Aufmerksamkeit allein Sarah galt. Auf ihren Schultern saßen wie erstarrt Amatus und Ansgard. Skeptisch fixierten sie ihre Artgenossen.

„Kannst du mir bitte erklären, was hier passiert? So viele Raben … das ist doch nicht … nicht normal", raunte ich Sarah zu.

„Keine Ahnung, warum so viele Raben gerade hier ihr Lager aufschlagen", erklärte Sarah mit ruhiger Stimme.

Ich glaubte ihr kein Wort.

„Wieso fliegen Ansgard und Amatus nicht zu ihnen?" Als die beiden Raben ihre Namen hörten, hoben sie den Kopf.

„Weil sie zu mir gehören."

„Und wie lange werden die Raben hierbleiben?", wollte ich wissen.

Sarah zuckte mit den Achseln.

„Das musst du schon die Vögel fragen. Sprichst du Rabisch, Dohlisch oder Krähisch?", wollte Sarah mit einem frechen Grinsen von mir wissen. Ich blieb ernst, weil ich ihren Scherz als Ablenkungsmanöver empfand. Für blöd verkaufen konnte sie jemand anderen.

„Du kommst mit deinen beiden Raben ins Dorf, und ein paar Tage später dieser riesige Schwarm! Da muss es doch einen Zusammenhang geben!"

Meine Stimme war lauter geworden.

„Ich wollte dich nicht beleidigen, Josua. Da ich Ansgard und Amatus aufgezogen habe, kenne ich mich natürlich mit Raben aus. Aber diese Vögel sind wild, und ihre Ankunft ist wohl wirklich ein Zufall."

Versöhnlich lächelte sie mich an. Sprach sie doch die Wahrheit? Die schwarzen Vögel saßen noch immer schweigend in der Baumkrone.

„Auf mich wirkt es, als ob du ihre Fürstin wärst. Die Fürstin der Raben."

„Die Fürstin der Raben!", wiederholte sie. Mit einem warmen Lächeln wollte sie mir weismachen, es nett zu finden. Ihre grauen Augen verrieten sie aber. Sie blieben ernst, und ich hatte das Gefühl, dahinter einen Schatten zu erkennen. Murmelte Sarah etwas oder bildete ich mir das ein? Jäh begannen die Rabenvögel, unruhig zu werden. Hatte Sarah mit einem leisen Befehl die Unrast bei ihnen ausgelöst? Die schwarzen Tiere kreischten, schrien, fast gleichzeitig stoben sie auf, erhoben sich Seite an Seite gemeinsam in die Lüfte und flogen wie eine schwarze bedrohliche Zunge auf uns zu. Ich hielt den Atem an und zog den Kopf ein, als sie über uns und über die Baumwipfel hinweg gen Norden flogen. Erschüttert stand ich da, verfolgte das merkwürdige Schauspiel, bis die Zunge am Horizont verschwunden war. Als ich mich zu Sarah umwandte, waren sie und ihre beiden Raben verschwunden. Ungläubig lief ich auf den Wald zu, blickte mich hektisch um.

„Sarah!", rief ich, „Sarah!", aber ich bekam keine Antwort. Wütend kickte ich einen Tannenzapfen weg, der gegen einen morschen Fichtenstamm knallte und weiter durch die Luft trudelte, bis er im Dickicht irgendwo verschwand. Wieso war Sarah einfach abgehauen? Hatte meine Schwester doch recht und mit ihr stimmte etwas nicht? Dummerweise hatte ich wieder nicht darauf geachtet, ob Sarah einen Schatten warf oder nicht …

Als ich nach Hause kam, saßen Margarete und mein Großvater gemeinsam auf der Bank vor unserem Hof. Zwischen
den beiden gab es eine besondere Verbindung. Margarete
durfte meinem Großvater Sachen an den Kopf werfen, von
denen ich nur träumen konnte. Mit ihrem einnehmenden
Lächeln verstand sie es, ihn um den Finger zu wickeln. Margarete hatte wieder Farbe im Gesicht.

„Der Mann hat den Unfall leider nicht überlebt", erzählte
mein Großvater ohne Vorwarnung. „Er ist seinen Verletzun-
gen im Spital erlegen. Und soll in Frieden ruhen."

Das danach folgende Schweigen hielt ich nur schwer aus.
In Gedanken sah ich nochmals, wie der Mann in den Kran-
kenwagen gehievt worden war. Margaretes Blick wurde ernst.
Über den Tod sprach sie ebenso ungern wie ich.

Ohne ein weiteres Wort stand mein Großvater mit düsterem Blick auf, strich Margarete flüchtig über den Kopf,
schenkte mir ein aufmunterndes Lächeln, ging schwerfällig
auf seine Werkstatt zu und verschwand darin. Ich nahm an,
er hatte den Mann gekannt. Margarete stand auch auf.

„Kommst du mit auf die Lichtung?", fragte sie. Ohne zu
überlegen, folgte ich ihr.

Wir blieben nicht lange auf der Wiese, Margarete wollte
lieber zum Teich gehen. Sie entschuldigte sich für ihren

Rausch, bedankte sich bei mir, weil ich auf sie aufgepasst hatte. Im Nachhinein war es ihr peinlich, vor allem die Knutscherei mit Camou stimmte sie nachdenklich. Wir standen am entgegengesetzten Ufer vom Steg. Sie hob einen Stein auf und warf ihn in hohem Bogen in den Teich. Gedankenverloren betrachtete sie die Kreise, die sich um die Eintauchstelle bildeten und nach einiger Zeit verebbten.

„Sarah möchte mich heute noch treffen", offenbarte sie mir.

Meine Schwester presste die Lippen zusammen. Wieder hob sie einen Stein, wieder betrachtete sie die Wellen. Erst nach ein paar Sekunden wandte sie sich mir erneut zu.

„Ich weiß nicht, ob das eine gute Idee ist. Seit ich sie getroffen habe, träume ich von Raben."

Erstaunt blickte ich meine Schwester an. Langsam wurden mir die schwarzen Vögel zu viel.

„Sie fliegen durch das Fenster in mein Zimmer, bis kein Winkel mehr frei ist. Alles ist schwarz von ihnen. Sonderbar ist, dass sie nicht krächzen. Sie starren mich nur still aus ihren dunklen Augen an. Dieses Schweigen macht mir Angst."

Margarete hob einige Steine vom Boden auf, schoss sie nacheinander in den Teich; diesmal hatte sie nicht die Geduld, ihren Wellen zu folgen. Sie bewegte sich vom Ufer weg.

„Dann wache ich auf und kann nicht mehr einschlafen", erzählte sie weiter. Ihr ernster Blick irritierte mich ebenso wie ihre Worte. Breitbeinig stellte sie sich vor mich.

„Und wie ist es bei dir, Josua? Ist sie dir auch unheimlich? Hast du auch manchmal ein beklemmendes Gefühl in ihrer Nähe? So als ob dir jemand langsam die Kehle zusammendrückt und du langsam erstickst?"

Verständnislos erwiderte ich ihren Blick. Wovon sprach Margarete? Von Anfang an hatte ich mich in Sarahs Nähe wohlgefühlt. Außer auf der Lichtung mit der Eiche. Aber das lag an den unzähligen Raben. Ich ließ mir mit meiner Antwort wohl zu lange Zeit, denn Margarete verzog verächtlich die Miene.

„Es hat keinen Sinn. Du bist mir keine gute Hilfe. In deinen Augen sehe ich nur zwei große Herzen. Ich muss allein darüber nachdenken."

Ohne noch ein Wort zu verlieren, hetzte Margarete wie ein scheues Reh über die Wiese auf den Wald zu. Sie blickte sich kein einziges Mal um, bevor sie hinter den Stämmen der Baumriesen verschwand. Verunsichert sah ich ihr nach. Ihre Worte tönten noch eine Weile in mir nach.

Ich schlich in Margaretes Zimmer, um wieder in ihrem Tagebuch zu lesen. Großvater war ins Dorf gefahren, und Margarete streunte noch durch den Wald. Ihr Tagebuch roch nach wie vor nach Veilchen. Der Umschlag fühlte sich weich an. Endlich erreichte ich ihren letzten Eintrag.

Ich habe Sarah wieder getroffen. Ich hatte das Gefühl, sie wollte mir etwas Wichtiges sagen, aber im letzten Moment hat sie wieder umgeschwenkt. Irgendetwas bedrückt sie. Was???? Echte Freundinnen haben doch keine Geheimnisse voreinander. Oder???

Was Freundinnen voreinander verschweigen

   Auf wen sie gerade stehen

   Was sie ängstigt

   Ob sie gelogen haben

   Was sie sich im Innersten wünschen

   Mit wem sie über dich sprechen

   Wer wirklich ihre beste Freundin ist

Puh! Mehr fällt mir jetzt nicht ein. Liste wird vielleicht fortgesetzt.

Sarah wirft auch in der Sonne keinen Schatten. Ihre Farben wechseln noch immer. Ist sie ein Mensch? Ich weiß es nicht. Sie macht mir Angst. Obwohl ich nicht glaube, dass sie bösartig ist. Sie hat ein Geheimnis.

Ich träume von Raben. Hat der Traum etwas mit Sarah zu tun? Weil sie nur schwarz trägt? Warum flüchtet sie öfter vor ihren beiden Raben?

Ich legte das Buch auf meine Brust, um nachzudenken. Meine Schwester spürte das, was ich auch spürte. Auf Sarah lag ein Schatten. Ich nahm Margaretes Tagebuch wieder in die Hand.

Ich besitze zwölf Kugelschreiber, drei Füllfedern, vier Scheren, fünfunddreißig Buntstifte, zwei Geodreiecke, einen Taschenrechner, zwei Packungen Wasserfarben, drei Radiergummi, zwei Klebebänder, einen Locher, einen Tacker, zwei A3-Zeichenblöcke und einen A4-Zeichenblock. Voriges Jahr hatte ich mehr Buntstifte.

Es war lustig, als ich betrunken war. Alles war so einfach und unbe-
schwert. Bis mir schlecht wurde. Und Camou hätte ich nicht küssen
sollen. Andererseits – Josua braucht nicht so ein Drama daraus zu
machen. Ein paar Küsse, mehr war es nicht. Wegen Alkohol zu kot-
zen, tut nicht gut. Ich werde nie wieder Alkohol trinken. Ich spüre
mich lieber und möchte mich nicht betäuben.

Josua hat sich toll um mich gekümmert. Und sein Freund Camillo
ist süß.

Ich rümpfte die Nase. Ging's noch? Meine Schwester und Camillo konnte ich ebenso wenig brauchen wie ein Geschwür
am Hintern. So ein Schwachsinn. Verstimmt klappte ich das
Buch zu, verstaute es wieder im Schrank. Den Tagebuchschlüssel legte ich zurück in die Schatulle. Da ich draußen
ein Geräusch hörte, stahl ich mich hurtig aus Margaretes
Zimmer. Es war keine Sekunde zu früh, denn plötzlich wurde
die Tür aufgerissen und meine Schwester spazierte im Gang
auf mich zu. Ihre Locken standen ihr wirr zu Berge.

„Ich werde sie treffen. Ich muss wissen, was sie eigentlich
von mir will", sagte sie unvermittelt in meine Richtung, ging,
ohne meine Reaktion abzuwarten, in ihr Zimmer und schloss
leise die Tür hinter sich. Schwestern!

Der Nebel kroch wie weiße Schlangen von allen Seiten in den Wald. Nach wenigen Minuten waren auch die Stämme der Baumriesen nicht mehr zu unterscheiden. Margarete und Sarah waren mir in der milchigen Umgebung verloren gegangen. Nicht einmal ihre Stimmen konnte ich noch hören. Weshalb hatte ich nur so viel Abstand zu ihnen gelassen? Ich sah nur mehr ein paar Meter weit, verlor die Orientierung. Mir blieb nichts anderes übrig, als mich auf einen Baumstumpf zu setzen und zu warten. Ich sehnte mich nach Sarah. Hoffte, sie würde jeden Moment aus dem Nebel in ihrem schwarzen Mantel auftauchen und zuversichtlich lächelnd auf mich zugehen. Forschend achtete ich auf Geräusche, aber der weiße Dunst schien jeden Ton zu schlucken. Die Stille beunruhigte mich. Meine Nerven waren wie Drahtseile gespannt. Verzieh dich endlich, beschwor ich den Nebel, aber er schien taub zu sein, und ich war mehr als eineinhalb Stunden in ihm gefangen. Erst dann verflüchtigten sich die ersten Nebelschwaden und gaben die Baumstämme frei. Erleichtert schritt ich zu Margaretes Lichtung mit den Buschwindröschen. Aus der Ferne hörte ich aufgeregte Stimmen. Neugierig hetzte ich weiter, verbarg mich hinter dem breiten Stamm einer Buche, spähte auf die Wiese. Blitzartig verhärtete sich mein Körper.

„Das kannst du von mir aus deiner Großmutter erzählen. Ich glaube dir kein Wort!", schrie Margarete.

Sie standen mitten auf der Lichtung. Sie verzog das Gesicht zu einer Fratze. So wütend hatte ich meine Schwester noch nie gesehen. Übergangslos ging Margarete auf Sarah los, boxte ihr in den Bauch, packte sie an den Armen, stellte ihr ein Bein und brachte sie so zu Fall. Was sollte ich tun? Ächzend rangelten die beiden Mädchen am Boden. Sarah gewann die Überhand, fixierte Margarete. Kurz darauf saß sie auf meiner Schwester, hielt sie an ihren Handfesseln fest. Margarete wehrte sich.

„Du lügst! Du musst lügen!", schrie sie Sarah an, bäumte sich auf, doch Sarah drückte sie unbarmherzig zu Boden, bis sich Margarete ihrem Schicksal ergab und sich fallen ließ. Wie zwei Raubtiere beäugten sich die beiden Mädchen feindselig. Das heißt, in Sarahs Gesicht las ich vielmehr Bedauern. Ohne Vorwarnung begann meine Schwester, herzzerreißend zu schluchzen. Ihr ganzer Körper bebte. Ich war knapp davor einzugreifen … Überraschenderweise veränderte sich in dem Moment auch Sarahs Gesichtsausdruck, Tränen kullerten lautlos über ihr Gesicht. Mit einem verzweifelten Seufzer ließ sie Margarete los, rollte sich von ihr und fiel neben meiner Schwester ins Gras. Auf dem Rücken blieben sie Arm an Arm liegen, starrten still in den Himmel. Nah, und doch schienen sie kilometerweit voneinander entfernt.

„Es tut mir so leid", gestand Sarah.

Meine Schwester wischte sich trotzig die Tränen von den Wangen, wandte sich Sarah zu.

„Und es gibt keinen Zweifel?", wollte sie stirnrunzelnd wissen.

Alles an ihr wirkte auf einmal schwerfällig.

„Oder sonst eine Möglichkeit?"

Sie blickte Sarah hoffnungsvoll an.

„Ich wünschte es mir, Margarete. Aus ganzem Herzen", antwortete Sarah traurig.

Verdrossen blickte Margarete Sarah an, versuchte sich aufzurappeln, verlor die Kraft, fiel in die Wiese wie ein verletztes Tier und schaffte es erst beim zweiten Versuch aufzustehen. Taumelnd entfernte sie sich von Sarah, stapfte schwerfällig wie in Zeitlupe auf den Wald zu und verschwand unter dem schützenden Blätterdach.

Was hatte meine Schwester so sehr in Rage gebracht? Erzürnt eilte ich auf Sarah zu. Es schien sie nicht besonders zu überraschen, mich zu sehen. Sie blickte zwar in meine Richtung, sah aber durch mich hindurch, als wäre ich aus Glas. Verwirrt verlangsamte ich meinen Schritt, blieb vor ihr stehen.

„Was hast du Margarete getan?", kam ich gleich zum Punkt.

Sarah hob den Kopf, sah mich bedrückt an. Ich verstand gar nichts. Bedächtig sank ich neben Sarah auf die Wiese, legte sachte meine Hand auf ihre Schulter.

„Bitte nicht, Josua."

Schnell zog ich meine Hand zurück, sah Sarah fragend an. Wie so oft zog sie es vor zu schweigen. Gekränkt wich ich ihrem Blick aus. Sie stieß laut Luft aus.

„Ich habe sie vorgewarnt. Es hat mich sehr viel Überwindung gekostet", beteuerte Sarah mit zittriger Stimme.

„Wovor hast du sie gewarnt?"

Wieder antwortete Sarah nicht, aber Tränen rollten ihr über die Wangen.

Ich packte sie am Arm.

„Wovor?", fragte ich hitziger, als ich wollte.

Sarah blickte mich nur still an.

Plötzlich flogen Amatus und Ansgard über uns hinweg. Ein Stein traf mich am Bauch. Bestürzt blickte ich in den Himmel, da donnerte ein zweiter auf meine Brust und raubte mir den Atem. Die Raben bewarfen mich mit Steinen. So etwas hatte ich noch nie erlebt. Ich fegte die Steine von meinem Körper, rang nach Luft.

„Hört auf! Lasst Josua in Ruh!", schrie Sarah. „Haut ab!"

Unvermittelt sprang sie auf, drohte den beiden Vögeln mit der Faust, die hysterisch schrien und in weitem Bogen davonflogen. Sarah wischte sich die Tränen ab, schlug sich mit der Hand den Schmutz vom Mantel und funkelte mich sauer an.

„Und du, Josua, lässt mich bitte heute auch in Ruhe."

Verständnislos sah ich sie an.

„Warum steckst du deine Nase in Dinge, die dich nichts angehen?"

Ich hatte keine Ahnung, wovon sie sprach. Es war sinnlos, nachzuhaken oder mit ihr zu diskutieren. Baff blickte ich ihr nach, als sie voller Zorn über die Lichtung eilte und in die entgegengesetzte Richtung als meine Schwester fortlief.

Mit bangen Gedanken überquerte ich die Wiese zu unserem Hof. Die Bank war diesmal leer. Als ich die Tür öffnete, stürzte Margarete auf mich zu und umarmte mich so fest, dass ich fast keine Luft bekam. Erst nach ein paar Sekunden ließ sie mich los.

„Das habe ich jetzt gebraucht", sagte sie nur, drehte sich um und verschwand in ihrem Zimmer. Überrumpelt fehlten mir die Worte. Was sollte dies nun wieder bedeuten? Gewiss, wir umarmten uns öfter, aber so innig selten. Sofort eilte ich ihr nach, riss die Tür auf und fand Margarete am Fenster stehend vor. Diesmal schimpfte sie nicht mit mir, dass ich, ohne zu klopfen, in ihr Zimmer gestürmt war. Sie drehte sich nicht einmal zu mir um. Erst als ich mich neben sie stellte, wandte sie mir kurz den Kopf zu.

„Ich habe gar nicht gewusst, wie schön unsere Wiese ist. So viele Gräser. Der Löwenzahn, die Gänseblümchen, Ranunkeln, der Günsel und Butterblumen blühen. Herrlich", schwärmte sie mit gleichgültiger Stimme. Verklärt starrte sie auf die Wiese. Sie schien sehr, sehr weit von mir entfernt zu sein.

„Du hast Sarah getroffen. Was hat sie dir erzählt?"

„Nichts Aufregendes. Freundinnenkram", log sie und drehte sich zu mir, um mich bittersüß anzulächeln.

Seit wann war Margarete so abgebrüht?

„Sie hat heute sogar einen Schatten geworfen. Zweifellos ist sie ein Mensch. Wie konnte ich mich nur so täuschen?"

Zerstreut wandte sie sich wieder von mir ab.

Verwirrt musterte ich meine Schwester.

„Ich bin müde", sagte sie mehr zu sich selbst als zu mir. „Geh jetzt, Josua. Bitte lass mich allein."

Als ich zögerte, blickte sie mich freundlich an.

„Du bist der beste Bruder, den man sich vorstellen kann", sagte sie völlig unerwartet.

Ich verstand nicht, verbiss mir aber, eine weitere Frage zu stellen. Vielleicht war es besser, wenn wir eine Nacht darüber schliefen, dachte ich. Und doch war mir in diesem Moment klar, dass sich das Leben von Margarete und mir entscheidend verändern würde.

In der Nacht starrte ich stundenlang an die Decke. Unruhig wälzte ich mich hin und her, lauschte auf jedes Geräusch von draußen. War Margarete zu Hause? Ich hatte nichts Verdächtiges gehört. Dennoch schlich ich mich aus meinem Zimmer, schob leise Margaretes Tür auf und war erleichtert, sie ruhig atmend in ihrem Bett vorzufinden. Ich musste herausfinden, warum Sarah sie so aufgebracht hatte. Morgen, das stand für mich fest, würde ich wieder in ihrem Tagebuch lesen. Sonst würde ich es nie erfahren. Die beiden Mädchen hielten in dieser Hinsicht zusammen. Noch immer war ich von Sarah enttäuscht. Wieso hatte sie kein Vertrauen zu mir und erzählte, was zwischen ihr und Margarete vorgefallen war? Sie war doch meine Freundin.

Meine Mutter war bereits in der Schweiz zum Arbeiten. Meinem Vater war offensichtlich nicht aufgefallen, was Margarete und mich beschäftigte. Er war zwar am Abend da gewesen, las aber die meiste Zeit oder bunkerte sich in seinem Bürozimmer zu Hause ein. Er hatte schon lange nichts mehr gemeinsam mit mir und Margarete unternommen. Lag es an unserem Alter? Oder weil wir seine Ansichten und die meiner Mutter hinterfragten und es oft zu heftigen Diskussionen kam?
Ich drehte mich zur Seite.

Den Vorhang hatte ich nicht zugezogen. Ich starrte hinaus in die Dunkelheit, stellte mir vor, Sarah würde am Rand der Wiese stehen und unseren Hof beobachten. Ein Lächeln bildete sich auf meinen Lippen. Ich sehnte mich nach ihr.

Am nächsten Morgen war Margarete schon aus dem Haus, als ich frühstückte. Mein Vater zuckte nur mit den Achseln, als ich ihn darauf ansprach. „Sie wollte raus. Du kennst doch deine Schwester. Diskussionen sind zwecklos", sagte mein Vater nur, während er herzhaft in sein Marmeladenbrot biss. Er erkundigte sich, welche Pläne ich an diesem Tag hatte.

„Schule", antwortete ich knapp.

Es war ohnehin jeden Tag das Gleiche. Mein Vater bemühte sich, ein Gespräch in Gang zu bringen, und ich schmetterte ihn ab. Wieso? Keine Ahnung. So früh am Morgen hatte ich einfach keine Lust auf eine Unterhaltung. Mein Vater war schon in Ordnung, er ließ uns zumindest in Ruhe. Das schätzte ich sehr an ihm. Meine Mutter bohrte mehr nach.

Ich schlang mein Honigbrot hinunter, trank meinen grünen Tee aus, nickte meinem Vater zu, lief in mein Zimmer, warf meinen Rucksack über die Schulter und schon wenige Minuten später saß ich auf meinem Fahrrad und radelte zum Bahnhof. In Rekordzeit schloss ich mein Fahrrad ab, sprintete auf den Bahnsteig und sprang, eine Sekunde bevor die Türen schlossen und der Zug abfuhr, ins Abteil und ließ mich keuchend auf einen Zweiersitz fallen. Entspannt atmete ich lange aus. Häuser und Menschen zogen an mir vorbei. Am

Dorfrand musste ich zweimal hinschauen, als ich Sarah, mitten in einem brachliegenden Feld stehend, entdeckte. Wie eine Statue stand sie reglos da. Auf der Landstraße im Hintergrund fuhren Autos und ein Krankenwagen mit Blaulicht. Ansgard und Amatus segelten in der Luft hoch über ihrem Kopf. Hatte sie mich gesehen? Das konnte ich mir nicht vorstellen, da der Zug Fahrt aufgenommen hatte. Suchte sie dort etwas oder warum um Himmels willen stand sie in der Früh mitten auf dem Feld?

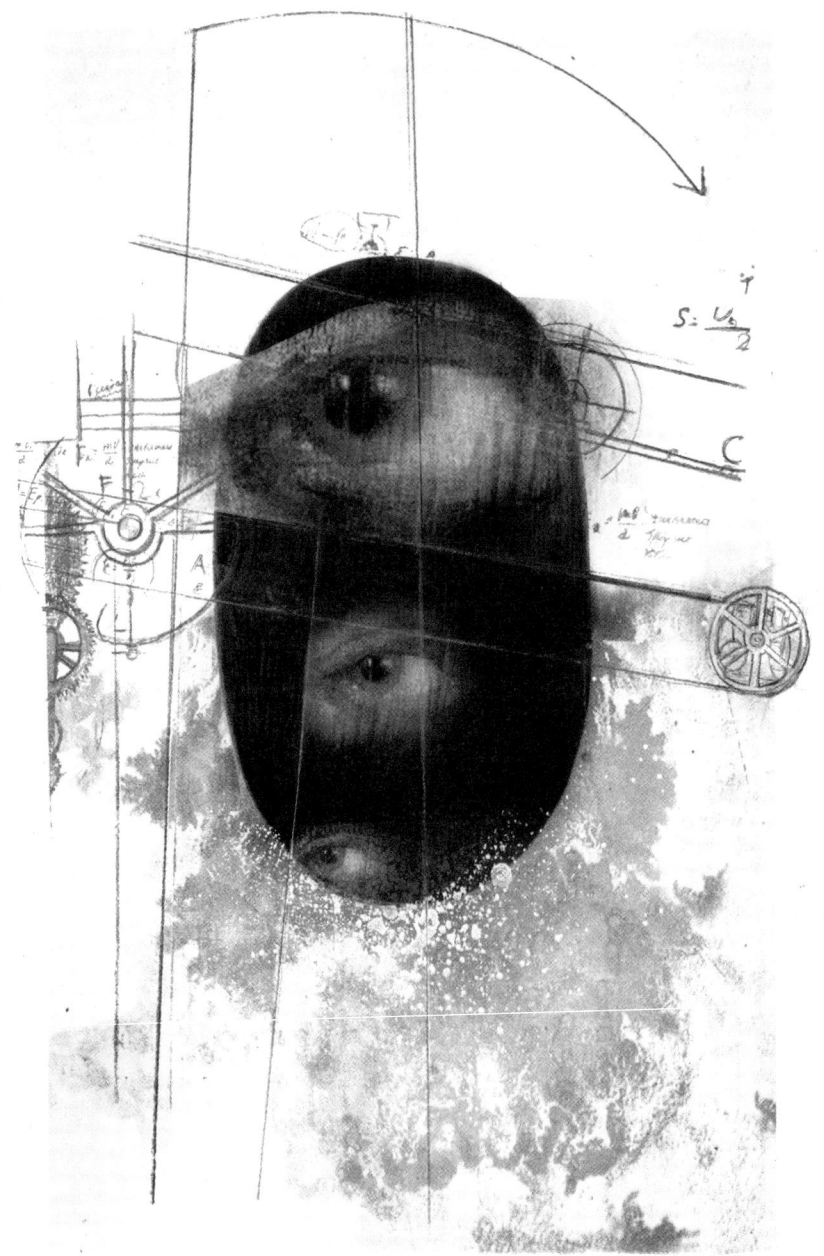

16

Obwohl ich sie schon von Weitem sah, flößten sie mir gehörigen Respekt ein. Langsam rollte ich auf meinem Fahrrad auf dem Heimweg von der Schule näher. Mein Herz schlug wild in meiner Brust. Ich bemühte mich, keine fahrigen Gesten zu machen, wagte schon gar nicht, schneller zu fahren. Die kleine Lichtung mit den sieben Birken war voll mit den schwarzen Vögeln. Sie saßen nebeneinander stumm im Gras und stierten zu mir herüber. Manche von ihnen hoben den Kopf, einige öffneten ihre Schnäbel einen Spalt, aber sonst bewegte sich keiner der Vögel. Kein Laut, nicht einmal ein noch so leises Krächzen, drang zu mir. Nur das schleifende Geräusch meiner Fahrradreifen auf dem Waldboden konnte ich hören.

Eine schweigende Schar schwarzer Vögel, die mich mit ihren dunklen Augen fixierten und von denen ich nicht wusste, ob sie mir feindlich oder freundlich gesinnt waren, saß vor mir. Ihr Schweigen lag über der Lichtung, wie eine Last, die mich bald zermalmen würde. Ich ließ meinen Blick über die Köpfe der Tiere schweifen, aber Sarah und ihre beiden Gefährten konnte ich bedauerlicherweise nirgendwo entdecken. Wie sehr sehnte ich mich in diesem Moment nach ihrer Anwesenheit. Sarah wusste, wie man mit diesen Vögeln umging; auf sie – davon war ich überzeugt – hörten die dunklen Gesellen. Zum Glück hatte ich schon die Hälfte des Weges hinter mich gebracht. Ich traute mich nicht, mich umzusehen. Die Wegstrecke kam mir auf einmal unnatürlich lange vor, obwohl ich dafür gewiss nicht mehr als zwanzig Sekunden benötigte. Ihre dunklen Augen folgten mir, weise kamen sie mir vor und undurchdringbar. Jeden Moment rechnete ich damit, dass die Vögel aufschrecken und mich attackieren würden. Dementsprechend angespannt war ich, registrierte jede kleinste Bewegung in meinen Augenwinkeln. Zu meiner Überraschung passierte aber gar nichts. Die Raben blieben friedfertig. Ich ließ die Lichtung wie befreit hinter mir.

Margarete war nicht zu Hause. Ich hätte ihr gerne von den vielen Raben erzählt. Mein Großvater hatte von seiner Werkstatt aus gesehen, wie sie im Wald verschwunden war. Raben erwähnte er mit keinem Wort, zu uns auf den Hof waren sie also nicht gekommen. Als er wieder in seine Werkstatt ging, stahl ich mich in Margaretes Zimmer. Wie gewohnt schlug ich ihr Tagebuch auf, um überrascht auf den neuesten Eintrag zu blicken. Genau genommen war es der alte, den ich bereits gelesen hatte. Wieso hatte meine Schwester nichts mehr in ihr Tagebuch geschrieben?

Unruhig blätterte ich die Seiten durch, konnte täglich einen Eintrag, versehen mit dem Datum, ausmachen. Nur seit Margarete und Sarah auf der Wiese gerauft hatten, gab es keinen mehr. Was bedeutete das?

Mein Magen grummelte. Da war etwas im Gange, das ich nicht verstand und das nichts Gutes bedeuten konnte. Ich legte Margaretes Tagebuch wieder zurück in den Schrank, verließ gedankenschwer ihr Zimmer und legte mich auf mein

Bett, um meine wirren Gedanken zu ordnen. Lange hielt ich es aber dort nicht aus, zu fahrig war ich …

Ohne Plan eilte ich aus dem Haus, lief über die Wiese und machte mich zu Margaretes Lichtung auf. Da ich sie dort nicht antraf, nahm ich mein Handy, rief sie an, erreichte aber nur die Mailbox. Ich hinterließ ihr eine Sprachnachricht, setzte mich auf den Steg und blickte auf die Wellen, um wieder ruhiger zu werden. Doch dann kam mir Margaretes Traum von den Raben in den Sinn. Vermischt mit Sarahs Geschichte von den Gesichtern, die auf der schwarzen Oberfläche schwammen und die sie nicht vergessen konnte. Ein Piepston kündigte eine SMS an. Sie war von Margarete. *Ich bin gerade unterwegs. 234 Blumen blühen. Der Ast, auf dem ich sitze, hat 241 Blätter. Mir geht es gut. M.*

Ich antwortete nicht. Margarete liebte den Wald ebenso wie ich. Sie verlor sich gerne darin. Ihre Lieblingsstelle war die Lichtung mit den Buschwindröschen. Zumindest war es die Stelle, von der ich wusste. Die anderen Orte, die sie im Wald aufsuchte, verschwieg sie mir. Dort sprach sie mit Elfen, Kobolden, Zwergen und den Bäumen, hatte sie mir eines Tages augenzwinkernd verraten. Deshalb mussten diese Plätze ihr Geheimnis bleiben. Ich glaubte ihr damals, weil wir noch Kinder waren. Bis heute hatte Margarete mich nicht an diese Orte mitgenommen. Manchmal hatte ich das Gefühl, dass sie auch öfter die Kapelle am aufgelassenen Friedhof besuchte. Angetroffen hatte ich sie dort aber nie. Ebenso wenig bei der alten Eiche. Margarete zog es wohl tiefer in den Wald hinein. Zu den Felsen und Höhlen, in denen schon Leute umgekommen sein sollen. Für mich waren das nichts als alte Legenden, die die Dorfbewohner seit Jahrhunderten zählten, um ihre Kinder vom Wald fernzuhalten. Mich hielten sie nicht ab. Ob Margarete Sarah ihre geheimen Plätze im Wald gezeigt hatte? Oder hatte sie ihr diese wie mir auch verwehrt?

17

Sarah saß auf der Wiese. Vor ihr trippelten Ansgard und Amatus herum und flatterten nacheinander auf Sarahs Schulter, um sich Apfelstücke zu holen. Gestern noch hatte Sarah die beiden Raben weggejagt, heute schien alles wieder eitel Wonne. Ich fragte mich, ob die vielen Raben noch auf der Lichtung saßen. Sarah ließ sich auf den Rücken ins Gras fallen. Die Raben flogen bedrohlich über mich hinweg, drehten sich beim Fliegen auf den Rücken, dann wieder zurück und landeten schließlich auf Sarahs Bauch. Sie lachte, streichelte zärtlich über das Federkleid ihrer Begleiter. Ich versuchte erst gar nicht, mich zu verbergen, trat geradewegs auf die Wiese. Die Raben stoben auf und hielten sicheren Abstand zu mir. Sarah hob nur den Kopf, winkte mir mit der Hand zu und ließ sich wieder in die Wiese fallen.

„Hey!", sagte sie, als ich vor ihr stand. Ich setzte mich neben sie ins Gras. Sie zog mich am Arm zu sich, bis ich neben ihr lag.

„Endlich bist du da", sagte sie und drückte ihre Lippen auf meine.

Wir lagen im Gras nebeneinander, sahen uns in die Augen. Ich konnte mir noch immer keinen Reim darauf machen, womit Sarah meine Schwester verletzt hatte.

„Es sind wieder Raben gekommen. Sie sitzen auf einer Lichtung am Waldrand", erzählte ich. Ich sah ein Zucken in Sarahs Gesicht. War sie ebenso überrascht wegen der Raben wie ich?

„Die Vögel kamen mir vor, als ob sie warten würden", fuhr ich fort. Sarahs Lippen wurden schmal. Unsere Blicke begegneten sich.

„Ich habe gedacht, sie warten vielleicht auf dich."

Sarah richtete sich auf, stützte sich mit den Händen den Rücken ab. Ihre Gesichtskonturen verliefen regelmäßig. Ich mochte die klaren Linien und ihr kleines Muttermal unterhalb ihres rechten Ohrs. Ihr Blick war abwesend in die Ferne gerichtet, als ob sie etwas mit sich klären musste. Unvermittelt drehte sie sich wieder zu mir.

„Mein Vater möchte, dass ich nach Hause komme", sagte sie nur und ließ ihren Blick wieder auf die Lichtung schweifen.

„Kommen deshalb so viele Raben?", fragte ich. Züchtete Sarahs Vater Raben so wie andere Tauben? Und konnte er sie losschicken, um Sarah zu holen? Gewiss, Raben waren sehr intelligente Vögel, aber war so etwas überhaupt möglich? Ich zweifelte daran. Oder war es einfach ein Zufall, und ich interpretierte viel mehr in den Besuch der schwarzen Vögel, als wirklich dahintersteckte? Sarah riss mit einer Hand Gras aus, stand auf, ging ein paar Schritte von mir weg. Ich erhob mich auch. Sie warf mit einer wütenden Bewegung das Gras in die Luft. Ängstlich sprangen ihre beiden Raben zur Seite.

„Ich gehe nicht! Diesmal nicht! Ich habe es satt, wie eine Marionette nur seinen Anweisungen zu folgen."

Stolz hob sie den Kopf, blickte mir direkt in die Augen. Plötzlich begannen Amatus und Ansgard, verärgert kehlig zu schimpfen. Dabei rissen sie ihre Schnäbel weit auf. Verstanden sie, was Sarah gesagt hatte? Reagierten die Vögel deshalb so aufgeregt? Langsam verlor ich den Verstand. Konnte das sein?

„Haltet den Schnabel! Das ist eine Sache zwischen meinem Vater und mir", befahl Sarah den beiden Raben mit fester Stimme, die sofort gehorchten und kleinlaut an den Waldrand trippelten. Zufrieden kam sie mit einem sanften Lächeln näher auf mich zu.

„Schickt dein Vater die Raben?", fragte ich.

Sofort stand Ärger in Sarahs Gesicht geschrieben.

„Und wie soll er das machen?"

Kleinlaut zog ich den Kopf ein.

„Die vielen Raben sind zufällig hier. Sie haben nichts mit mir und meinem Vater zu tun. Das habe ich dir schon beim letzten Mal erklärt. Nur Amatus und Ansgard gehorchen mir, weil ich sie aufgezogen habe. Ich hoffe, dir reicht meine Erklärung diesmal."

Ich nickte, obwohl ich annahm, dass Sarah den Grund für das Auftauchen der Raben kannte.

„Und was ist, wenn du nicht gehst? Wie würde dein Vater darauf reagieren?"

Sarah zuckte mit den Achseln. In ihren Augen las ich Unsicherheit und Angst. Ich ging auf sie zu, nahm ihre Hand. Sie schloss sie um meine und drückte sie fest.

„Er darf so nicht mit dir rumspringen. Du bist doch nicht sein Eigentum. Ich helfe dir, wenn du möchtest."

Entschlossen blickte ich ihr in die Augen. Sarah lächelte mich milde an, berührte sanft meine Wangen, so als ob ich ein Kind sei, das gerade einen sehr, sehr törichten Gedanken von sich gegeben hatte, über den sie nun liebevoll hinwegsah. In dem Moment kränkte es mich. Erst sehr viel später begriff ich, wie recht sie damals hatte.

18

Grüblerisch spazierte ich über weiches Moos, ehe ich wieder auf härteren Waldboden trat. An einer Weggabelung folgte ich dem Pfad zu Margaretes Lichtung. Sie lag mitten in der Wiese auf dem Rücken, hatte ihre Arme und Beine von sich gestreckt. Ihr Gesicht war zum Himmel gerichtet, ein Lächeln lag darauf. Ich war froh, sie so zufrieden zu sehen. Als ich auf die Lichtung trat, riss die Wolkendecke auf. Margarete befand sich auf einmal in strahlendem Sonnenlicht. Sie schloss die Augen. Mir verschlug es den Atem. In diesem gelborangen Licht sah meine Schwester wunderschön aus. Anders kann ich es auch heute nicht beschreiben. Ich war nicht in der Lage, noch einen Schritt auf sie zu zu machen. Es war mir zu riskant, mich mit einem Geräusch zu verraten und dieses einzigartige Bild zu zerstören. Ich blieb auf meinem Platz stehen, bis sich wieder Wolken vor die Sonne schoben und Margarete neuerlich im Schatten lag. Als meine Schwester meine Schritte vernahm, öffnete sie die Augen, hob den Kopf und schenkte mir ein wärmendes Lächeln. Ohne ein Wort zu sagen, setzte ich mich zu ihr auf die Wiese. Margaretes Blick war in die Wolken gerichtet.

„Suchst du mich seit deiner SMS?"

„Ich habe dich nicht mehr gesucht und trotzdem gefunden", antwortete ich.

Margarete lächelte, als würde ihr meine Antwort gefallen. Unverwandt sah sie in die Wolkenwand.

„Licht und Schatten", sagte sie plötzlich, richtete sich auf und umschloss ihre Knie mit den Armen.

„Früher hatte ich Angst vor der Nacht und ihren langen Schatten. Besonders wenn ich alleine in unserem großen Haus war. Ich hörte Geräusche oder bildete mir welche ein. Meist zählte ich die Minuten, bis Großvater oder Mama oder Papa nach Hause kamen. In den letzten Jahren habe ich Frieden mit der Nacht und ihren Schatten geschlossen."

Margarete hielt inne. Wie sehr mochte ich ihre dunklen Locken, ihre verträumten blauen Augen und ihren rechten Mundwinkel, den sie ein wenig nach oben zog, wenn sie nachdachte. Meine Schwester war mir vertraut wie nur wenige Menschen in meinem Leben.

„Heute habe ich vor dem Licht Achtung. Im Dunkeln kann man sich verstecken, im Licht geht das nicht. Unverblümt leuchtet es jeden Winkel von dir aus: deine guten Seiten und deine Dämonen. Du kannst dich nicht vor ihm wegducken. Das Licht kann heller und heißer werden, bis das Feuer dich verbrennt und du darin umkommst."

Verlegen drehte sie sich zu mir.

Wie kam sie nur auf solche Gedanken? Während ich sinnierte, stand meine Schwester auf. Verflogen war ihre Nachdenklichkeit. Wie auf Befehl rappelte ich mich auch auf. Plötzlich legte Margarete ihre Hand auf meinen Arm, sah mich eindringlich an.

„Du weißt, Sarah wird bald weggehen. Ich werde diese Woche nicht in die Schule gehen, um sie noch zu treffen."

Überrascht blickte ich Margarete an.

„Ich möchte nur, dass du vor unseren Eltern dichthältst, wenn ich mich eine Woche krankmelde."

„Habe ich dich jemals schon mal verpetzt?"

„Nein. Versprich es mir trotzdem!"

Sie hielt mir die Hand hin. Ohne zu zögern, schlug ich ein, um den Pakt zu besiegeln.

„Was wirst du mit Sarah machen?", wollte ich wissen.

„Quatschen. Und ihr viele Fragen stellen", antwortete meine Schwester.

„Also so wie immer", lachte ich.

„Und mit ihr eine weite Wanderung machen", fuhr sie nachdenklicher fort. Ihr Tonfall ließ mich aufhorchen.

„Wohin?"

„An einen Ort, den du noch nicht kennst."

Damals dachte ich, sie würde Sarah einen ihrer geheimen Plätze im Wald zeigen, und schwieg. Dabei war Sarah es, die meine Schwester an diesen entfernten Ort führen sollte.

Am nächsten Tag hatte Margarete graue Haare. Mein Großvater deutete ihr nur den Vogel, mein Vater war ebenso überfordert und rief meine Mutter in der Schweiz an. Sie zeigte Verständnis und machte kein großes Theater deswegen. Schließlich hatte sie sich früher auch die Haare gefärbt. Eigentlich tönte sie die Haare jetzt noch, um ihre grauen Strähnen zu verstecken. Margarete strahlte über das ganze Gesicht, während ich sie eingehend betrachtete.

„Das wollte ich seit Jahren machen. Ich wollte sehen, wie ich einmal aussehen werde, wenn ich alt bin", sagte sie, verabschiedete sich und ließ mich stehen.

Ich musste mich erst an ihre neue Haarfarbe gewöhnen.

„Wo willst du hin?"

„In die Schule. Wohin denn sonst?", lachte sie, schwang sich auf ihr Fahrrad und winkte mir lässig zum Abschied.

Als mein Vater und mein Großvater ebenfalls das Haus verlassen hatten, schlug ich ihr Tagebuch auf. Kopfschüttelnd musste ich zur Kenntnis nehmen, dass nach wie vor kein neuer Eintrag darin stand. Merkwürdig.

Am Bahnhof traf ich meine Schwester wieder.

„Ich dachte, du wolltest mit Sarah Zeit verbringen", wunderte ich mich. Margarete zuckte nur mit den Achseln. Sie machte keine Anstalten, in den Zug zu steigen, sondern schien auf jemanden zu warten. Ich traute meinen Augen nicht, als Camou auf uns zukam. Meine Schwester sah meinen Blick.

„Ich möchte bloß einmal nüchtern mit ihm reden."

„Und deswegen muss er ins Dorf kommen?"

„Eigentlich geht dich das nichts an. Aber ja, darum."

Ich warf meiner Schwester einen verächtlichen Blick zu, setzte mich in Bewegung, nickte Camou zu und ging an ihm vorbei. Ich beobachtete, wie er Margarete auf die Wangen küsste und mit ihr das Bahnhofsgebäude verließ. Wie konnte meine Schwester nur mit so einem Arsch Zeit verbringen? Wütend stieg ich in den Zug, um sofort wieder auszusteigen. Ich konnte doch nicht Margarete mit Camou alleine lassen. Ausgerechnet Camou. Gleichzeitig wusste ich, dass Margarete keine Einmischung von mir duldete. Vielleicht konnte Sarah meine Schwester vor ihm warnen? Auf eine Freundin würde sie hören. Eine Minute später öffnete ich mein Fahrradschloss und raste so schnell ich konnte durchs Dorf. Margarete und Camou sah ich aus der Ferne über einen Feldweg spazieren. Hielten sie Händchen?

Die Raben lagerten noch auf der Lichtung mit den sieben Birken.

Ich holperte über den Waldweg, schob mein Fahrrad, als der Weg zu verwachsen war, ins Dickicht und ließ es dort stehen. Es war kurz vorm Brachland. Unverhofft traf ich Sarah dort, wo ich sie zum ersten Mal gesehen hatte. Sie saß auf einem Baumstumpf. Ihre Raben waren weit und breit nicht zu sehen. Das Brachland war größer geworden, da die Holzfäller noch mehr Fichten geschlagen hatten. So sollten die Borkenkäfer nicht auf weitere Bäume übergreifen. An manchen Stämmen konnte ich Kanäle ausmachen, die die winzigen Tiere in das Holz gefressen hatten. Wie meisterhafte Zeichnungen sahen die Gravuren aus, und doch bedeuteten sie den unmissverständlichen Tod der edlen Baumriesen. Die Käfer senden Lockstoffe für ihre Artgenossen aus, die ihnen folgen und weitere Fichten erobern. Mit ihren vielen Kanälen unterbrechen die Schädlinge die Wasser- und Nährstoffversorgung der Bäume, hatte ich gelesen. Nun kam mir dieser Ort so unendlich trostlos vor. Ich hoffte, dass nicht noch mehr Fichten sterben mussten. Sarah winkte mir zu.

„Hey, Josua! Schwänzt du schon wieder Schule?"

„Schließlich haben wir nicht mehr viel Zeit", entgegnete ich.

Da sie nicht aufgestanden war, bewegte ich mich auf sie zu.

„Wieso kommst du ausgerechnet hierher?", fragte ich und deutete auf die gestapelten Baumstämme.

Sarah verstand sofort, was ich meinte.

„Du siehst nur die toten Bäume. Ich sehe die Disteln und die frischen Triebe der Bäume, die schüchtern auf der freien Fläche wachsen. Das gibt mir Hoffnung", erklärte mir Sarah.

Ihre Augen wirkten müde. War sie wieder in der Nacht unterwegs gewesen?

Sachte trat ich näher, setzte mich zu ihr auf den Stamm. Ihren Körper zu spüren, tat gut. Eine Zeitlang saßen wir schweigend inmitten des Todes und des jungen Lebens. Sarah legte ihren Kopf auf meine Schulter, ich meine Hand um ihre Taille und küsste sie auf die Wange. Sarah schloss die Augen, genoss meine Zärtlichkeiten.

„Wie ist dein Vater so?", fragte ich und spürte, wie sich ihr Köper plötzlich verkrampfte. Sarah nahm ihren Kopf von meiner Schulter.

„Wie Väter eben so sind. Verworren."

Ich überlegte einen Moment, bevor ich weitersprach.

„Meiner duckt sich bei Streit hinter meine Mutter. Er schickt sie gerne in schwierigen Situationen vor."

Sarah musterte mich interessiert.

„Eigentlich haben wir uns derzeit wenig zu sagen. Er lässt mich in Ruhe und ich ihn. Manchmal fühle ich mich sehr einsam, obwohl meine Familie um mich ist."

Tröstend strich Sarah mit ihrer Hand über meinen Oberschenkel.

„Meiner ist stur und besserwisserisch. Sein Wort ist Gesetz", begann sie und sah mich mürrisch an.

In Gedanken stand ihr Vater wohl direkt vor ihr: mächtig und unnachgiebig. Plötzlich sprang sie auf, als würde sie es nicht mehr länger auf diesem Platz aushalten. Sie ging auf den Holzstapel zu und strich mit ihren Fingern die Tunnel der Borkenkäfer nach.

„Welche Befehle gibt er dir?", fragte ich.

Sarah hob nur das Kinn und schwieg.

„Und deine Mutter? Sagt die gar nichts dazu?", bohrte ich weiter.

Langsam hatte ich genug vom Versteckspielen.

„Sie ist, als ich ein kleines Kind war, weggegangen", erklärte Sarah und überrumpelte mich damit. „Ich habe sie nie kennengelernt."

Merkwürdigerweise lag in ihrer Stimme kein Bedauern. Eher klang sie teilnahmslos, als würde sie über eine Fremde sprechen. In gewisser Weise war ihre Mutter das ja auch. Ich eilte auf sie zu, schloss sie in meine Arme. Wie ein kleines Kind presste sie sich eng an mich. Ich konnte ihren Atem spüren.

„Er schlägt mich nicht, das macht er nicht", stellte Sarah klar, obwohl ich ihm das gar nicht unterstellt hatte.

Mein abschätziger Blick, als wir über ihn sprachen, hatte wohl Bände gesprochen.

„Ich lache auch viel mit ihm. Zugegeben ist er meist verschlossen und ernst. Aber er besitzt einen feinen Humor. Schwarz, aber fein."

Diesmal lächelte sie sogar, sie hielt wohl mehr von ihrem Vater, als sie zugeben wollte. Doch dann wurde ihr Gesichtsausdruck wieder trübe.

„Aber er hat mir eine Bürde aufgelegt, mit der ich nun jeden Tag leben muss. Und er hat mich nicht einmal gefragt, ob ich das überhaupt tun möchte. Weder mich noch meine Geschwister."

Verblüfft stierte ich sie an.

„Du hast Geschwister? Wie viele? Bist du älter als sie?"

„Die Jüngste", antwortete sie schnell.

„Und wie heißen sie?"

„Was spielt das für eine Rolle? Du wirst sie doch ohnehin nie treffen."

Mich verletzte, dass Sarah so pampig auf meine Frage reagierte.

„Aber wenn ich dich besuche ..."

„Dann sind sie sicher unterwegs. Sie reisen durch die Welt."

Sauer schwieg ich, verschränkte meine Arme vor der Brust.

„Josua, es ist besser für dich, wenn du nicht zu viel weißt."

Ihr liebevolles Lächeln stimmte mich milde, aber lieber wäre mir gewesen, sie hätte mich selbst entscheiden lassen, was gut für mich war und was nicht.

„Er ist ja hoffentlich kein Mafiapate", konnte ich mir deshalb nicht verkneifen.

Sarah schien es gar nicht lustig zu finden. Von ihr ging auf einmal eine Kälte aus, die ich bisher noch nie gespürt hatte und die mich bedrückte. Hatte Margarete von diesem Gefühl gesprochen?

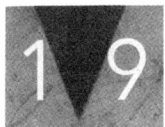

Sarah wollte meine Schwester nicht davon abbringen, Camou zu treffen. Kurz danach war ich zum Teich gegangen, ohne Sarah zu fragen, ob sie mitgehen möchte. Ich wollte alleine sein. Ihre plötzliche Kälte gab mir zu denken. Die Sonne stand hoch am Himmel. Der Wind strich mir durchs Haar, als ich auf den Steg trat. Ich zog meine Schuhe und Socken aus, ließ meine Beine über der Wasseroberfläche baumeln. Karpfen zogen ihre Runden. Mit meiner großen Zehe schrieb ich kleine Kreise ins Wasser. Es hatte etwa sechzehn Grad, es war also noch viel zu kalt, um zu baden, obwohl ich mit dem Gedanken spielte.

Als ich Schritte hinter mir hörte, drehte ich mich um. Ich war gar nicht erstaunt, als Margarete auf mich zukam. Sie setzte sich neben mich, zog auch Socken und Schuhe aus und streckte die Beine befreit von sich. Ihre schwarz lackierten Zehennägel waren ebenso ungewohnt für mich wie ihre grauen Haare. Seit wann pinselte sie sie an? Es gab vieles, was ich nicht von Margarete wusste. Abwesend linste sie über den Teich.

„Er ist nüchtern eigentlich ganz in Ordnung", stellte Margarete fest.

Ich sah keinen Grund zu widersprechen. Jeder sah einen Menschen anders.

„Und, triffst du ihn wieder?"

„Nein", antwortete Margarete wie aus der Pistole geschossen. „Aber ich werde mich mit Ingo treffen."

Verblüfft betrachtete ich sie von der Seite.

„Du hast es aber auf einmal eilig, Typen zu treffen."

Meine Schwester reagierte nur mit einem Schulterzucken auf meine Feststellung. Insgeheim war ich erleichtert. Mit Ingo unterhielt ich mich gerne. Er hatte sich in der Klasse oft als Einziger für Margarete eingesetzt. Nachdem meine Schwester die Schule verlassen hatte, hatten sie sich aus den Augen verloren.

„Ich habe ihn angeschrieben. Er war erstaunt, aber er hat sofort zugesagt", erklärte mir Margarete mit glänzenden Augen. Sie hatte schon seit dem Sandkasten eine Schwäche für Ingo.

Wie saßen einige Zeit still nebeneinander, bis Margarete zappelig wurde und mich immer wieder von der Seite anblickte. Ich spürte sofort, dass sie etwas von mir wollte. Hatte es mit Sarah zu tun? Endlich gab sich Margarete einen Stoß und stupste mich an.

„Bist du morgen Abend zu Hause?", fragte sie mich.

Ich nickte, blickte sie fragend an.

„Dann ist Mama aus der Schweiz zurück. Ich würde gerne ein Picknick machen. Nur mit Opa, Mama, Paps und dir. Bist du dabei?"

Meine Schwester sah mich erwartungsvoll an. In ihren Augen las ich, wie wichtig ihr dieses Picknick war. Ich nickte, aber ich wunderte mich, denn in letzter Zeit waren Essen mit der Familie zäh. Wieso schlug sie auf einmal eines vor?

„Ich stelle mir eine lange Tafel in der Wiese vor. Mit fünfzehn Buschwindröschen, Silberbesteck und schönen Servietten. Mit Kerzenlicht und zwei Haselnussästchen aus dem Wald. Und mit sieben Walnüssen … So richtig feierlich soll es sein. Wie es Mama immer zu besonderen Anlässen macht." Ihre Freude, als sie davon sprach, war nicht zu übersehen. Margarete hatte das Bild der Tafel bereits vor sich im Kopf. Ich musterte sie misstrauisch. Was sollte das alles? Natürlich bemerkte sie meinen Blick.

„Was ist? Schau mich nicht an, als ob ich von einem anderen Stern kommen würde. Hältst du es für eine gute Idee?"

„Jaaa", antwortete ich. „Mach doch, was du willst."

„Dann freue ich mich", sagte meine Schwester, drückte mir spontan einen Kuss auf die Wange, sprang auf und spazierte vergnügt über den Steg davon.

Ich muss sie nicht verstehen, dachte ich. Als sie von den grünen Baumriesen verschluckt wurde, blieben bei mir jede Menge Fragezeichen zurück. Ich hoffte, sie schrieb endlich wieder in ihr Tagebuch, so ratlos wie ich war. Sollte ich Sarah zum Picknick einladen? Wenn, musste ich zuerst Margarete fragen, ob es in ihrem Sinne war. Um auf andere Gedanken zu kommen, zog ich mich nackt aus. Vorsichtig ließ ich mich ins Wasser. Meine Zehen tauchten ins eiskalte Nass, dann der Knöchel, meine Waden, die Knie, Hüften. Waaaah! Ein kalter Kick durchfuhr meinen Körper, als ich meine Hände öffnete und bis zum Hals ins Wasser eintauchte. Ich schrie auf, der Schrei war befreiend; schnell machte ich ein paar Schwimmzüge. Mir blieb vor Kälte die Luft weg. In der Mitte des Teiches kehrte ich um, kraulte so schnell ich konnte auf den Steg zu. Ich hielt mich an der Oberkante des Stegs fest, schaffte es, mich hinaufzuziehen. Hastig nach Luft schnappend blieb ich auf dem warmen Holz liegen. Die Sonnenstrahlen taten gut auf meiner Haut. Nach und nach verflüchtigte sich die Gänsehaut auf meinem Körper.

Am nächsten Tag ging ich wieder nicht zur Schule. Ich hatte einfach keine Lust dazu. Um nicht entdeckt zu werden, zog ich mich auf die Lichtung mit der Eiche zurück. Ich nahm ein Buch aus meinem Rucksack. Nach ein paar Seiten hörte ich das Krächzen eines Raben. Er flog über die Lichtung hinweg und landete in einer Baumkrone. Misstrauisch suchte ich den Himmel nach weiteren schwarzen Vögeln ab, aber ich sah keine. Ich begann wieder zu lesen. Wieder sollte ich nur ein paar Seiten weit kommen, da mich das näherkommende *Krah, arrarr, rak-rak, kräh, kräh* aufschreckte. Diesmal flogen vier Rabenvögel auf mich zu und landeten rund dreißig Meter von mir entfernt in der Wiese. Anfangs trippelten sie umher, ihre dunklen Augen ließen mich dabei nicht aus den Augen. Nach ein paar Minuten setzten sie sich hin, den Kopf zu mir gerichtet. An Lesen war nicht mehr zu denken, da ich mich die ganze Zeit fragte, was die Vögel damit bezweckten. Mein Herz pochte schneller, in mir breitete sich lähmende Anspannung aus. Aus dem Augenwinkel erfasste ich jede Bewegung der Vögel, aber meinen Argwohn wollte ich ihnen nicht zeigen. Eigentlich mochte ich Raben. Sie sind klug, sozial, leben in Verbänden, schützen sich gemeinsam gegen Feinde und sind für mich geheimnisvolle Tiere. Doch in jenen Tagen fand ich sie furchteinflößend. Zunächst hörte ich nur die Rufe der Raben auf der Lichtung. Es klang so, als ob sie die anderen Vögel riefen. Weitere Raben kamen aus allen Himmelsrichtungen.

Zuerst sah ich etwa ein Dutzend am Horizont, die näher flatterten und neben den anderen Tieren landeten. Dann wurden es mehr und mehr. Hunderte, Tausende breiteten ihre schwarzen Flügel im Himmelblau aus und segelten virtuos auf die Wiese, die bald von den schwarzen Vögeln bedeckt war. Zur Eiche und zu mir ließen sie etwa zwanzig Meter Abstand. Der mächtige Baum und ich waren von Raben eingeschlossen. Allemal versperrten sie mir den Weg nach Hause. Bange blickte ich mich um. Was sollte ich tun?

Ruhig stand ich auf, ging ein paar Schritte auf sie zu. Einige Raben hoben gewarnt den Kopf, sahen schweigend zu mir, ließen mich nicht aus den Augen. Ich blieb stehen und wich ein paar Schritte zurück, weil ich die Vögel nicht provozieren wollte. Verfolgten die Tiere mich oder war ich zur falschen Zeit am falschen Ort? Was führten sie im Schilde? Sicher, sie hielten Distanz, und bisher hatte mich keiner der Vögel angegriffen, aber gruselig fand ich ihr zahlreiches Auftauchen dennoch. Ich hatte noch nie so viele Raben auf einem Haufen gesehen. Das Grün der Wiese war nun mit schwarzer Federfarbe überzogen. Ich gebe zu, es löste in mir eine gewisse Beklemmung aus. Unentwegt waren die dunklen Augen der schwarzen Vögel auf mich gerichtet. Einmal bildete ich mir ein, Schritte hinter mir zu hören, aber als ich mich umdrehte, konnte ich niemanden entdecken. Dabei hatte ich gehofft, Sarah zu sehen. Ich blieb einfach unter der Eiche stehen, machte mich so breit, wie ich konnte, und blickte die Raben ebenso finster an wie sie mich. Wenigstens gab ich mir große Mühe. Doch nach einer halben Stunde verzweifelte ich zusehends. Was sollte das alles bringen? Die Raben ließen sich durch meinen bösen Blick gewiss nicht einschüchtern. Ich steckte auf der Lichtung fest. Ich konnte nicht davon ausgehen, dass die Raben die Lichtung räumten und weiterzogen. In der Wiese unter der Eiche blickte ich mich nach einem Zweig um. Zum Glück lag ein fingerdicker Ast unter dem Baum. Vorsichtig hob ich ihn auf. Der Ast war zwar morsch und nur gut einen halben Meter lang, aber besser als nichts. Nun reckten die Raben die Köpfe weit in die Luft, fixierten mich noch eindringlicher als zuvor. Warteten sie nur auf den richtigen Moment? Länger hielt ich das alles nicht mehr aus.

„Was wollt ihr von mir?", schrie ich die Vögel völlig entnervt an.

Sie streckten mir ihre spitzen Schnäbel entgegen, aber sonst reagierten sie nicht. Wie absurd war das? Ich stand auf der Wiese und brüllte Raben an. Falls mich jemand dabei beobachtete, hielten sie mich sicher für durchgeknallt.

„Na, ihr! Warum seid ihr da? Los! Kräht mich an! Seid ihr wirklich solche Lahmärsche? Was wollt ihr im Dorf? Ist Sarah eure Chefin? SARAH!"

Nun schwang ich den Stock drohend in der Luft. Wieder erntete ich nur schwankendes Schweigen der Vögel. Ich griff nach meinem Rucksack, setzte ihn auf. Ich wollte dem nun endlich ein Ende bereiten. Mir war egal, wie es ausgehen würde. Die Vögel erfassten jede meiner Bewegungen. Ihre Köpfe hoben sich. Schnäbel stachen in die Luft. Leises Krächzen setzte ein, das lauter wurde. Ein paar Vögel plusterten sich auf. Andere breiteten ihre Flügel aus. Ohne noch lange zu überlegen, marschierte ich einfach auf die Vögel los. Auf einmal kam Bewegung in die Tiere. Ihr Krächzen wurde hysterisch, als ob sie die anderen warnen würden. Manche trippelten davon, andere ergriffen mit weiten Sätzen die Flucht. Andere hoben ihre Flügel und flatterten im Stehen. Die mutigsten bewegten sich mit durchdringendem Blick auf mich zu. Es war mir in diesem Moment egal. Laut schreiend hetzte ich auf die Vögel zu, schwang den morschen Ast wie eine Keule drohend durch die Luft. Die Raben stoben auf, nahmen Reißaus. Andere erhoben sich, flogen laut kreischend auf mich zu und bedrohlich über mich hinweg. Ich hielt mir den Arm zum Schutz vors Gesicht, duckte mich, aber keines der Tiere berührte mich.

Die Raben vor mir öffneten mir eine Schneise, durch die ich mit flinken Schritten flüchten konnte. Noch immer fuchtelte ich mit dem Stock herum, nahm die Raben nur mehr im Augenwinkel wahr. Sie krächzten, als ob sie lachten, mich auslachten. Ich rannte in den Wald, folgte der Forststraße und wagte erst nach zehn Minuten, keuchend stehen zu bleiben.

Mein T-Shirt war von Schweiß ganz durchnässt. Hektisch suchte ich die Umgebung nach Raben ab, aber glücklicherweise waren sie mir nicht mehr auf den Fersen. Auch ihr Lachen war verstummt. Still standen die Baumriesen wie alte Freunde an meiner Seite. Und von Sekunde zu Sekunde wurde ich ruhiger. Nachdenklich ging ich zu der Stelle, an der ich mein Fahrrad versteckt hatte, schwang mich drauf und trat in die Pedale. Ich musste endlich Gewissheit haben. In hohem Tempo radelte ich den Forstweg entlang durch den Wald bis zu der Lichtung mit den sieben Birken. Schon aus der Ferne konnte ich erkennen, dass die Raben dort noch immer lagerten. Als ich am Waldrand stehen blieb, hörte ich ein lautes Krächzen vom Ast einer Lerche oberhalb von mir. Ruckartig drehten sich die Köpfe der Raben auf der Lichtung zu mir. Ertappt zog ich den Kopf ein und wendete vorsichtig mein Rad. Als sich die ersten Raben erhoben und angriffslustig auf mich zu brausten, jagte ich auf meinem Fahrrad davon. Die Vögel auf der Lichtung veranstalteten ein ohrenbetäubendes Gezeter. Ich ratterte an den mächtigen Stämmen vorbei. Die Raben verfolgten mich nicht lange und waren längst wieder umgedreht, als ich stehen blieb. Mir wurde in diesem Augenblick schmerzlich bewusst, dass ich in nächster Zeit auch diese Lichtung nicht würde betreten können.

20

Sarah hatte geduldig zugehört, als ich ihr von den vielen Raben und ihrem plötzlichen Auftauchen auf der Lichtung mit der Eiche erzählte.

Ihre beiden Raben segelten über uns in luftiger Höhe. Sie zogen immer größere Kreise, und irgendwann hatte ich sie ganz aus den Augen verloren. Sarah verzog das Gesicht, als ich erwähnte, dass nun auch die Lichtung mit den sieben Birken von Raben bevölkert war. Wir saßen nebeneinander auf der Banklehne. So nachdenklich hatte ich Sarah bisher noch nie gesehen. Ihre Lippen waren schmal, immer wieder strich sie sich eine Haarsträhne hinters Ohr. Schweigend saß ich neben ihr, weil ich wusste, dass sie auf meine Fragen nicht antworten würde.

„Hast du jemanden bei den Raben gesehen? Oder sind die Vögel allein gekommen?", fragte sie mit grüblerischem Gesichtsausdruck.

Ich schüttelte den Kopf, überlegte.

„Einmal habe ich vermutet, Schritte gehört zu haben. Ich habe gehofft, dass du das bist … aber da war niemand."

Sarah spitzte die Lippen, wandte sich gedankenversunken von mir ab, starrte ins Leere.

„Lange wird er mir nicht mehr zusehen", sagte sie leise.

Entgeistert blickte ich sie von der Seite an. Sie nickte, öffnete den Mund, schloss ihn wieder, fixierte einen Punkt auf der Wiese. Ich legte meinen Arm auf ihren. Sie wandte sich mir zu, sah mir finster in die Augen.

„Ein, zwei, maximal drei Tage kann ich ohne seine Erlaubnis noch hierbleiben. Dann muss ich gehen. Ich habe keine andere Wahl."

Verzweiflung lag in ihrem Blick. Ich nahm ihre Hand, unsere Finger verschränkten sich. Wir blickten uns an, ich beugte mich vor, presste sanft meine Lippen auf ihre. Ich spürte ihr Messer in ihrer Hosentasche. Irritiert löste ich mich von ihr.

„Warum trägst du eigentlich immer ein Messer bei dir?", wollte ich wissen. Damit hatte Sarah wohl nicht gerechnet, sie öffnete die Augen.

„Um Nervensägen abzuschrecken."

„Immer scheint es nicht zu funktionieren."

„Nein", grinste sie. „Zum Glück. Manche sind hartnäckig."

Ich lächelte, dann trafen sich wieder unsere Blicke. Fast feierlich strich ich ihr die Haare aus dem Gesicht. Ruhig sah sie mir in die Augen.

Diesmal war es Sarah, die mich führte. Ihre Raben folgten uns mit Abstand. Wir stapften durch den Wald, der anstieg. Dieser Teil des Forsts war mir fremd. Über eine Stunde waren wir bereits zu Fuß unterwegs. Wir schenkten uns immer wieder Blicke. Obwohl ich ganz gut in Form war, musste ich keuchen, als wir mehr als hundert Meter bergauf kletterten. Sarah schien der Aufstieg nichts auszumachen. Ihre Wangen waren bleich, meine gerötet. Die Anstrengung hinterließ ihre Spuren. Wir hielten uns an Bäumen fest – die dünnen Stämme bogen sich, als würden sie jeden Augenblick abbrechen, die breiteren stützten uns beim Aufstieg. Der Moosboden war weich, und wenn wir auf liegengebliebene Blätter traten, knisterten sie uns ihre Geschichten zu. Die Vögel schwiegen, die Rehe schienen uns zu hören und mieden uns. Ich blieb stehen. Sarah hielt auch inne und sah mich fragend an.

„Ich möchte den Wald hören", entgegnete ich.

„Er ist doch still."

„Ich mag sein Schweigen. Es klingt an jeder Stelle anders."

Daraufhin musterte mich Sarah mit unbestimmtem Blick, stellte keine Fragen mehr, sondern blieb jedes Mal stehen, sobald ich im Wald verharrte. Ich war überzeugt, dass wir weniger im Wald hörten als meine Schwester Margarete. Sie hatte mich auf das unterschiedliche Schweigen des Waldes hingewiesen, und jetzt leitete ich Sarah an.

Ich fragte mich die ganze Zeit, wohin sie wollte. Erst als sich der Wald lichtete und wir uns einem riesigen Felsen näherten, ahnte ich es. Die Raben hatte ich schon länger nicht mehr gesehen. Kannten sie unser Ziel? Kamen Sarah und sie öfter hierher? War Sarah mit Margarete auch schon einmal hier gewesen?

Am Fuße des Felses blieb Sarah stehen, zeigte mit der Hand in die Richtung der abgerundeten Spitze des Felsens. Keuchend schloss ich zu ihr auf. Längst hatten sich Schweißperlen auf meiner Stirn gebildet.

„Da hinauf noch."

Wir stiegen den steil aufwärts führenden Pfad entlang des Felsens empor. An manchen Stellen waren Stufen in den Stein geschlagen worden. Ich verlor Sarah mehrmals aus den Augen. Erst als sie auf der Spitze des Felsens stand, ungeduldig in meine Richtung blickend, fand ich sie endlich wieder. Sie reichte mir die Hand, half mir auf die steinige Fläche. Etwa acht Quadratmeter war die schroffe graue Ebene groß. Ich wagte nicht, bis an den Felsrand zu gehen. Es bestand auch kein Grund dazu, denn ich war sofort vom Ausblick überwältigt.

Der Fels überragte an dieser Stelle die Bäume, und wir konnten kilometerweit in die Ebene blicken. Wälder, Felder, Wiesen und zerstreute Ortschaften wechselten sich ab. Straßen und Schienen schnitten scharfe Linien in die malerische Landschaft. Ergriffen sank ich zu Boden. Ich traute meinen Augen nicht, als Sarah bis an die Kante des Felsens ging und einfach nur dastand. Abwesend blickte sie hinunter. Ich wagte nicht zu atmen, weil ich Angst hatte, sie könnte springen. Vorsichtig kroch ich näher an sie heran, bald würde ich ihre Beine fassen können. Sarah stand noch immer vor dem Abgrund, als plötzlich das Krächzen von Amatus und Ansgard einsetzte. Sie segelten hoch über uns in der Luft. Durch Sarah ging jäh ein Ruck, als habe sie die Rabenrufe aufgeschreckt und wieder zurück in unsere Welt geholt. Dünn lächelnd drehte sie sich um, ging auf mich zu, nahm neben mir Platz.

„Danke", sagte ich, griff nach ihrer Hand und würde sie auf diesem Felsen auch nicht mehr loslassen. Sarah richtete ihren Blick ebenso wie ich in die Ferne.

„Vor vier Jahren habe ich diese Stelle entdeckt. Diese Weite verscheucht die vielen Gesichter aus meinem Kopf", offenbarte sie mir.

Ich streichelte zärtlich ihre Hand. Ihre Haut war weich und weiß wie Elfenbein.

„Mein Großvater würde dich mögen", bemerkte ich. „Er sagt öfter, wenn es eng wird im Kopf, dann soll man auf einen Turm oder auf einen Berg steigen. Dort oben werden die Gedanken luftig und weit, und auf einmal bekommt man eine Klarheit, die das Leben viel einfacher macht."

Sarah hob die Mundwinkel, blickte mich wohlmeinend an. Ihr Blick drang so tief in mich, als ob er meinen ganzen Körper erobern wollte. Als Ansgard und Amatus zwei Meter von uns entfernt landeten, zog sie ihre Hand fort. Die beiden Raben stelzten auf sie zu. Sie strich einem nach dem anderen über den Kopf. Die Vögel ließen es sich geduldig gefallen. Ihre schwarzen Augen behielten mich dabei immer im Blick. Ich blieb ruhig sitzen, verzog keine Miene.

„Darf ich sie auch streicheln?", fragte ich Sarah.

Ohne aufzuhören, die Vögel zu liebkosen, antwortete sie: „Du weißt, Raben merken sich, wer ihnen Gutes oder Böses tut. Auch über Jahre hinweg. Du hast ihnen zwar nichts getan, aber sie sind sehr eifersüchtig und vertrauen niemandem außer mir. Vor allen anderen flüchten sie oder sie hacken mit ihren Schnäbeln auf sie ein."

Gewarnt betrachtete ich ihre leicht gewölbten schwarzen Schnäbel. Wenn die Raben wollten, konnten sie gewiss tiefe Wunden damit reißen. In ihren dunklen Augen las ich eine kühle Entschlossenheit. Als würden sie meine Gedanken lesen können, hüpften die beiden Vögel auf die Felskante zu und hoben von dort ab. Sie glitten grazil über die Baumwipfel hinweg und verschwanden irgendwann am Horizont. Ob ich jemals so ein Gefühl der Freiheit erlangen würde wie sie?

21

Der Tisch stand mitten in der Wiese. Das rosa Tischtuch flatterte leicht in der sanften Brise. Margarete hielt eine Liste in der Hand. Ich beobachtete sie aus einiger Entfernung. Den Tisch und die fünf Holzstühle hatten wir gemeinsam zur Wiese getragen. Margarete wollte aber nicht, dass ich ihr sonst irgendwie half. Vor ihr auf dem Tisch standen zwei Kerzenständer mit zwei weißen Kerzen. Sie legte ein Haselnussästchen vor jeden Kerzenständer. Drei Buschwindröschen für jede Person bettete sie behutsam mittig oberhalb des Silberbestecks. Als sie die Röschen abgeschnitten hatte, hatte sie sich bei den Pflanzen entschuldigt und sich gleichzeitig für ihre Schönheit bedankt. Das war für mich nichts Neues, denn meine Schwester bemühte sich stets, keinem Tier, keiner Pflanzen und keinem Menschen etwas zuleide zu tun. Immer gelang ihr das natürlich nicht.

Die Servietten faltete sie zu einem Stern, ehe sie sie neben das Besteck legte. Woher konnte sie die Servietten so falten? Ich schüttelte überrascht den Kopf. Dann beugte sie sich vor und hakte auf der Liste die Servietten ab. Anschließend nahm sie aus einem geflochtenen Körbchen sieben Walnüsse und legte sie auf den Tisch. Dann verschwand sie in der Küche und holte zwei Wasserkrüge, die sie exakt im selben Abstand von den Tischenden positionierte. Die Trinkgläser stellte sie rechts oberhalb von den Silbermessern. Dann hakte sie sie von ihrer Liste ab.

Margarete hatte nicht gewollt, dass ich Sarah zum Picknick einlud. Den Grund dafür hatte sie mir nicht genannt, aber ich akzeptierte ihre Entscheidung. Sie holte die Teller mit den Speisen: 60 Tomatenhälften, 44 geschnittene Paprikastreifen, zwölf Essiggurken, zehn Knoblauchzehen, drei Laib Weichkäse, zwei kleine Blöcke Hartkäse, eine Schüssel mit Eieraufstrich, einen großen Schinken sowie einen Laib Schwarzbrot und einen Laib Weißbrot auf einem Holzbrett mit jeweils zwei Brotmessern. Zufrieden ließ sie ihren Blick über die festliche Tafel gleiten und kontrollierte, ob die Liste auch vollständig abgehakt war.

„Fertig!", stellte sie in meine Richtung zufrieden fest und kam auf mich zu. Ich hob den Daumen. Sie lächelte mich liebevoll an und verschwand im Haus. Ich fragte mich, warum ihr dieses Picknick so wichtig war und was sie damit bewirken wollte.

Wir saßen alle gemeinsam um die gedeckte Tafel. Margarete hatte noch Zitronenlimonade gemacht und zwei Krüge zu den Wasserkrügen gestellt. Meine Schwester war gut aufgelegt. Sie genoss es sichtlich, im Kreise der Familie zu sitzen. Seit Langem war es wieder einmal ein friedvolles Essen miteinander, an dem jeder dem anderen zuhörte. Großvater erzählte Geschichten aus der Zeit, als meine Mutter noch ein Kind war. Meine Mutter errötete mehrmals, umso vergnügter hörten Margarete und ich zu. Als meinem Großvater die Geschichten ausgingen, begannen unsere Eltern, von unseren Geburten zu erzählen. Meine Schwester habe so laut geschrien, dass gleich das ganze Spital gewusst hatte, dass sie angekommen war. Mein Vater behauptete sogar mit einem spöttischen Lächeln, dass der Erdboden und das ganze Spital gebebt hatten. Es war eine Geburt, die mehr als zehn Stunden gedauert und meiner Mutter einiges abverlangt hatte, wie sie uns versicherte. Bei mir sei alles sehr rasch gegangen. Meine Schwester hatte bitterlich geweint, da sie große Angst vor dem klopfenden Geräusch des Ultraschallgeräts hatte. Sie sei nicht zu beruhigen gewesen. Glücklicherweise schafften es meine Großeltern im letzten Moment auf die Geburtsstation, um Margarete abzuholen. Dann hatte sich meine Mutter endlich in Ruhe darauf konzentrieren können, mich zur Welt zu bringen. Nach der Erzählung meines Vaters habe ich unerwartet schnell das Licht der Welt erblickt. Nach gut einer halben Stunde wurde ich ihm von der Hebamme in den Arm gedrückt, und er hat die Nabelschnur abgetrennt. Ich habe bis über das ganze Gesicht gelacht und den ganzen Raum, wenn nicht sogar das ganze Spital und die ganze Welt damit erhellt, schwärmte mein Vater. Natürlich kannten Margarete und ich die Geschichten unserer Geburten schon, dennoch hörten wir sie nach wie vor gerne und amüsierten uns köstlich dabei. An manch dunklen Tagen fragte ich mich, wohin mein Geburtslachen verschwunden war. Und ob ich dieses unbeschwerte Lachen vielleicht später wieder in mir entdecken würde. Ich hoffte es …

Als es dämmerte, zündete Margarete die Kerzen an, und da es abkühlte, holten wir uns Wolldecken. Ich fühlte mich geborgen im Kreise meiner Vertrauten. Erst als ich am Waldrand eine Bewegung wahrnahm, wurde ich aus dieser Nestwärme gerissen. Mir war klar, dass der Schatten am Waldrand nur Sarah sein konnte. Sie harrte in der Dunkelheit aus, beobachtete uns aus der Distanz. Ich fragte mich, was sie gerade dachte. Ob sie sich nach einer heilen Familie sehnte, wenn sie uns so zufrieden tratschend auf der Wiese sah? Oder war sie nur neugierig, wie wir miteinander umgingen? Hatte sie solche Momente der Verbundenheit auch mit ihrem Vater und ihren Geschwistern? Ich wünschte es ihr.

Ich hatte ein schlechtes Gewissen, da ich sie nicht eingeladen hatte. Sah sie zu mir herüber? Ich konnte es nicht mit Sicherheit sagen. Erleichtert stellte ich nach gut einer Stunde fest, dass der Schatten am Waldrand verschwunden war.

Wenige Minuten danach erhob sich Margarete feierlich und stellte eine Tasche auf den Tisch. Fragende Blicke meiner Eltern trafen mich, aber ich hatte auch keine Antwort darauf …

Wir ließen einfach geschehen, was meiner Schwester nach sein musste. Unserem Großvater überreichte sie feierlich neue Arbeitshandschuhe, da er so schöne Sachen mit seinen Händen tischlern konnte. Und dies auch weiterhin tun sollte. Sie umarmte ihn innig, und er drückte seine Enkelin fest an sich. Meinem Vater übergab Margarete andächtig einen eiförmigen Stein, den sie im Wald gefunden und mit Segenswünschen besprochen hatte. Der Stein sollte ihn und unsere Familie ihr Leben lang schützen. Die Augen meines Vaters wurden feucht, gerührt nahm er Margarete in den Arm. Danach hielt er den Stein achtsam in seiner Hand, als wäre er zerbrechlich wie Porzellan. Für meine Mutter hatte Sarah einen Papierengel gebastelt, den sie sich in ihr Büro hängen sollte. Er solle über sie wachen und die bösen Geister von ihr fernhalten. Meine Mutter lobte den Engel als kleines Kunstwerk, herzte meine Schwester und drückte ihr einen dicken Kuss auf die Stirn. Ich kam zum Schluss an die Reihe. Als Jüngster war ich das gewohnt. Mir übergab Margarete ein Notizbuch, dessen schwarzen Einband sie mit einem Silberstift mit Blumen bemalt hatte. Sie wusste zwar, dass ich nicht viel schrieb, aber es würde vielleicht einmal die Zeit kommen, in der mein Herz schwer werden würde. Ihr helfe es, sich die Sorgen vom Herzen zu schreiben. Sie hoffte, auch ich würde eine Stimme finden und meine Sorgen, aber auch meine Freuden eines Tages zu Papier bringen. Ich hielt das Buch fest in meiner Hand, obwohl ich zunächst nicht so viel damit anfangen konnte. Artig umarmte ich meine Schwester, bedankte mich für das Buch. Noch heute steht ihr Geschenk vollgeschrieben in meinem Regal. Ich habe darin Gedanken und Begebenheiten festgehalten, die mich besonders bewegt haben.

Meine Schwester blieb in dieser Sternennacht noch am Tisch sitzen, als meine Eltern und mein Großvater schon längst ins Haus gegangen waren. Eingewickelt in meine Decke verharrte ich eine Stunde länger bei Margarete. Sie trug ein zufriedenes Lächeln im Gesicht. Ruhig blickte sie in die Dunkelheit. Die Kerzen flackerten, warfen Schatten an ihre Wangen. Manchmal hörte man ein Rascheln aus der Ferne, aber das verebbte schnell wieder. Nach dem vielen Reden und Zuhören tat die Stille gut. Margarete und mich störte es nicht, gemeinsam zu schweigen. Ich suchte, soweit ich sehen konnte, den Waldrand mit meinem Blick ab. Sah ich Sarah nur nicht oder war sie wirklich gegangen? Was machte sie gerade? Lagerten die Raben noch auf den Lichtungen? Meine Schwester starrte auf die Wiese vor sich. Sie schien ganz in Gedanken zu sein. Mir wurde langsam kalt, deshalb beschloss ich, auch reinzugehen. Als ich Margarete fragte, ob ich ihr beim Wegräumen helfen sollte, verneinte sie. Ich legte ihr noch meine Decke über die Schultern und schlenderte über die Wiese auf unseren Hof zu.

Kurz bevor ich die Eingangstür erreichte, drehte ich mich noch einmal um und blieb einen Moment stehen. Das Kerzenlicht inmitten der Dunkelheit gab mir Hoffnung für die Welt. Margaretes Umrisse waren im Flackern zu sehen. Es schien für meine Schwester ebenso wie für mich ein schöner Abend gewesen zu sein. Wieso hatte sie uns etwas geschenkt? Weil es ihr ein großes Anliegen war, gab ich mir die Antwort. Margarete war ein guter Mensch, wie ich nur wenige kannte. Zufrieden öffnete ich die Haustür und ging in mein Zimmer. Ich schaltete das Licht nicht an, setzte mich auf den Schreibtisch und blickte hinaus auf die Wiese. Wie Leuchttürme im dunklen Meer wirkten die zwei brennenden Kerzen nun auf mich. Margarete war die Wärterin, die die verirrten Schiffe zu sich lotste, um sie vor gefährlichen Klippen zu warnen. Müde gähnte ich, zog mich aus, ging ins Bad, um mir die Zähne zu putzen und mich zu waschen, und kam wieder zurück in mein Zimmer. Die Kerzen flackerten noch auf dem Tisch, Margarete saß nach wie vor auf ihrem Stuhl. Ich legte mich ins Bett, und nur wenige Minuten danach war ich eingeschlafen.

Als ich zwei Stunden später aufwachte, waren die Kerzen erloschen und Margarete hatte ihren Platz verlassen. Das hoffnungsvolle Licht in der Finsternis fehlte mir. Ich nahm an, dass Margarete sich noch mit Sarah getroffen hatte, denn ins Haus hatte ich sie nicht kommen hören. Unentschlossen stand ich da, ob ich mich wieder ins Bett legen oder die beiden suchen sollte. Ich dachte an die vielen Raben und war überzeugt, dass Sarah bald losziehen musste. Hoffentlich blieb sie noch, aber bei ihr war ich unsicher, ob sie nicht einfach über Nacht weiterziehen würde. Dieser quälende Gedanke ließ mir keine andere Wahl. Ich zog mich an, öffnete das Fenster und sprang hinaus auf die Wiese. Ich war oft in der Nacht im Wald unterwegs, deshalb flößten mir die dunklen Schatten der Baumriesen oder die nächtlichen Geräusche der Tiere keine Angst ein. Vielmehr fühlte ich mich in der Dunkelheit des Waldes behütet.

Besonnen spazierte ich den Weg auf die Lichtung mit den Buschwindröschen zu. Meist war dies die erste Station, wenn ich Margarete suchte. Wie immer bestand eine Fünfzig-fünfzig-Chance, die zwei dort anzutreffen. Diesmal stand mir das Glück zur Seite. Schon aus der Ferne konnte ich die beiden vertrauten Stimmen hören. Stritten sie schon wieder? Mein Puls erhöhte sich, und ich beschleunigte meinen Schritt, um so schnell wie möglich den Waldrand zu erreichen. Diesmal wollte ich dazwischen gehen, falls die Situation eskalierte. Keuchend blieb ich zwischen zwei Buchen stehen.

Von meinem Versteck aus konnte ich sofort erkennen, dass die beiden Mädchen herumalberten. Sie verhielten sich wieder wie beste Freundinnen. Sofort verwarf ich den Gedanken, mich bemerkbar zu machen. Ich wollte ihre wiedergewonnene Einigkeit nicht gefährden. Die Sterne leuchteten hell im Nachtschwarz. Sarah stand mitten in der Wiese und beobachtete Margarete auf der Lichtung. Meine Schwester schritt jeden Quadratmeter der Wiese mit sorgsamen Schritten ab, dabei machte sie eine Handbewegung. Was tat sie? Mir kam es so vor, als ob sie etwas verstreuen würde, aber ich konnte nicht sehen, was. Es schien meiner Schwester aber großen Spaß zu machen. Sie erkundigte sich bei Sarah, ob sie es richtig machte. Sarah lachte auf und machte meiner Schwester Komplimente, sagte, sie sei ein Naturtalent. Meine Schwester fuhr fort, die Wiese abzuschreiten. Als Margarete etwa zwanzig Meter von mir entfernt war, riss ich die Augen weit auf, um zu erkennen, was sie tat. Konnte das wirklich sein? Meine Schwester tat so, als ob sie aus einem Korb etwas auf der Wiese säen würde. So sehr ich mich aber auch anstrengte – ich konnte nichts zu Boden fallen sehen. Da war nichts. Nichts in Margaretes Händen und nichts auf dem Boden. Meine Schwester trug weder einen Korb noch Samen oder Blumen mit sich. Was war das für ein Spiel, das die beiden spielten? Und wieso war Margarete deswegen so aufgeweckt?

Als sie die ganze Lichtung abgegangen war, setzte sich Margarete zu Sarah ins Gras, die zuvor eine Decke auf der Wiese ausgebreitet hatte. Sie lagen einander zugewandt darauf. Anfangs konnte ich noch Wortfetzen verstehen, doch ihre Unterhaltung wurde leiser. Ohne lange zu überlegen, ließ ich die beiden Freundinnen wieder alleine. Natürlich hätte ich lieber mit Sarah Zeit verbracht, da ihr Abschied unausweichlich näher rückte. Aber ich gönnte meiner Schwester die Freundin, nach der sie sich schon so lange gesehnt hatte …

Ich nahm mir ganz fest vor, morgen gleich nach dem Aufwachen zum heruntergekommenen Haus zu wandern und Sarah in die Arme zu schließen.

22

Beim gemeinsamen Frühstück waren meine Eltern gut gelaunt. Sogar mein Großvater saß länger als sonst am Esstisch. Die neuen Arbeitshandschuhe hatte er für alle sichtbar vor sich hingelegt. Margarete kam als Letzte. Sie hatte wohl sehr wenig geschlafen, denn ihr Blick sprach Bände. Wie ferngesteuert grüßte sie uns und setzte sich, laut gähnend, auf ihren Platz. Erst als sie die Handschuhe bemerkte, lächelte sie und strahlte meinen Großvater an. Er strahlte zurück, griff nach dem Geschenk von Margarete, wünschte uns einen schönen Tag und verließ den Raum. Als wäre dies das Startzeichen gewesen, erhoben sich auch meine Eltern. Margarete und ich grinsten uns verschworen an, als wir hörten, wie sich ihre Schritte entfernten und die Tür ins Schloss fiel. Kurz darauf startete meine Mutter ihr Auto und mein Vater schwang sich auf sein E-Bike. Die Druckerei lag nur ein paar Kilometer von uns entfernt. Margarete stand auf, machte sich einen Pfefferminztee und setzte sich wieder an den Tisch.

„Heute treffe ich Ingo", frohlockte sie, musste aber gleich wieder gähnen. Von ihrem nächtlichen Ausflug mit Sarah erwähnte sie kein Wort. Ich schlang mein Honigbrot hinunter, trank den letzten Schluck meines Kaffees.

„Wann triffst du ihn?", fragte ich nicht ohne Hintergedanken. Ich fand es an der Zeit, wieder einmal in Margaretes Tagebuch zu lesen.

„In drei Stunden am Teich."

„Er schwänzt also auch die Schule?"

Meine Schwester lächelte hingerissen und nickte. Ich beschloss, zuerst Sarah aufzusuchen und erst später im Tagebuch zu schmökern. Ich verabschiedete mich von Margarete, setzte mir den Rucksack auf, holte mein Fahrrad aus dem Schuppen und schwang mich in den Sattel. Nur wenige Minuten später war ich auf halber Strecke zu Sarah unterwegs. Wie immer fuhr ich mit dem Fahrrad nur so lange, wie der Weg breit genug war. Dann stellte ich es im Dickicht ab und ging zu Fuß weiter. Die grauen Wolken klebten am Himmel. Nach dem Feuchtgebiet näherte ich mich dem Wald der astlosen Bäume. Nebelschwaden waberten um die langen verkrüppelten Stämme. Schon als ich den ersten Schritt in den Wald setzte, spürte ich mein Unbehagen. Plötzlich überkam mich das Gefühl, verfolgt zu werden. War ich misstrauisch geworden, weil ein Rabe meinen Weg gekreuzt hatte? Oder war es das Knacken hinter mir, das mich wachsamer werden ließ. Ich ging weiter, als ob nichts gewesen wäre. Dann und wann blieb ich stehen, um auf Schritte oder andere Geräusche zu lauschen. Doch da ich weder einen Verfolger hinter mir sah noch Schritte hörte, tat ich es als bloße Einbildung ab.

Die Nebelschwaden zogen an mir vorbei. So kam ich ein paar Meter zügig voran. Als ich einen Raben an der Spitze eines Baumstammes sah, blieb ich gewarnt stehen. Seine dunklen Augen spähten zu mir. Schnell ließ ich ihn hinter mir, aber schon zwanzig Meter weiter saß noch ein Rabe auf einer der Baumspitzen. Noch nie hatte ich hier die schwarzen Vögel angetroffen. Ich stutzte erneut, als ich vor mir eine Gestalt am Wegrand ausmachen konnte. Fast hätte ich sie für einen Stamm im Nebel gehalten, denn sie trug wie Sarah einen schwarzen Mantel. Fieberhaft überlegte ich, ob ich weitergehen oder einen anderen Weg nehmen sollte. Ich drehte mich um, zuckte zusammen, da ein anderer Mann in schwarzem Mantel auf mich zu stapfte und mir den Flucht-weg abschnitt. So unauffällig wie möglich wandte ich mich wieder um … Was blieb mir anderes übrig, als weiter dem Pfad zu folgen? Schauderwellen durchzogen meinen Körper. War der, der da vor mir am Wegrand stand, Sarahs Vater? Ich hatte sein Gesicht noch nicht sehen können. Wenn ja, wer war dann der Mann, der mir im Nacken saß?

Mein Herz galoppierte in meiner Brust, meine Sinne wa-ren geschärft, ich war bereit, mich jederzeit auch mit Gewalt zu verteidigen. Zehn Meter vor dem Unbekannten blieb ich stehen. Er musterte mich lange und abschätzig. Sarahs Vater konnte er nicht sein, dazu war er zu jung. Auf maximal fünf-undzwanzig Jahre schätzte ich ihn. Die Ähnlichkeit mit Sarah war nicht zu übersehen. Er musste ein Bruder von ihr sein. Freundlich nickte ich ihm zu.

„Servus!"

Ich bemühte mich, mir die Furcht nicht anmerken zu las-sen. Meine Stimme zitterte glücklicherweise nicht.

„Hallo", antwortete der Unbekannte mit dunkler Stimme, lächelte eisig.

Wir maßen uns mit Blicken. In meinem Rücken konnte ich Schritte hören.

„Ist er das?", hörte ich eine kratzige Frauenstimme hinter mir.

Die Gestalt hinter mir war also kein Mann. Der Unbekannte vor mir nickte. Erst jetzt wagte ich, mich umzudrehen. Ich blickte in die stechenden Augen einer etwa dreißigjährigen Frau. Sie verzog keine Miene. Ich konnte auf einmal eine Kälte von ihr ausgehen spüren, wie ich sie schon einmal in Sarahs Gegenwart gefühlt hatte. Das war zweifellos eine von Sarahs Schwestern.

„Servus", sagte ich ein zweites Mal.

Die Frau starrte mich unbarmherzig an. Ihr Blick brannte auf meiner Haut. Lange würde ich diesen Augen nicht standhalten können. Schnell wandte ich mich wieder Sarahs Bruder zu.

„Wer seid ihr?", sagte ich mehr zu ihm. Er hatte ein ebenso schmales Gesicht wie Sarah. An der Wange konnte ich eine fünf Zentimeter lange Narbe erkennen. Die Haare trug er geschoren, wie ein Mönch mit schwarzer Kutte stand er da.

„Stell dich nicht dümmer, als du bist!", hörte ich die Frau hinter mir krächzen.

Sie kam nun langsam auf mich zu. Nur noch ein paar Meter, dann hatte sie mich erreicht. Die Kälte, die von ihr ausging, wurde noch unerträglicher. Ich trat einen Schritt zur Seite. Ohne die Augen von mir zu lassen, ging sie an mir vorbei. Ihre Haut war ebenso weiß wie die von Sarah, aber in ihrem Gesichtsausdruck lag eine gewisse Verbissenheit und Härte, die ich von Sarah nicht kannte. Ihr kam kein noch so winziges Lächeln auf die Lippen. Sie stellte sich neben ihren Bruder.

„Sag Sarah, dass sie sich nicht mehr lange vor uns verstecken kann. Wir sind ihr auf den Fersen und werden sie finden, wenn sie nicht bald ihren Auftrag erfüllt."

Ich nickte, senkte den Blick, da die stechenden Augen von Sarahs Schwester mich fast zu Boden drückten. Ich nahm all meinen Mut zusammen und hob den Blick wieder. „Ihr seid doch Geschwister von Sarah? Wieso nennt ihr mir nicht einfach eure Namen? Wir könnten sie gemeinsam suchen …"

Hoffentlich gingen sie nicht jäh auf mich los. Sie maßen mich erneut von Kopf bis Fuß mit ihren Blicken. In den Augen von Sarahs Schwester lag ausschließlich Geringschätzung. „Was du möchtest, spielt für uns keine Rolle. Überbringe Sarah die Nachricht. Los, lauf los! Du zitterst ja schon wie Espenlaub."

Obwohl mir die Schwester und der Bruder von Sarah unheimlich waren, begannen sie auch, mich langsam zu nerven. Was bildeten sich die beiden eigentlich ein? Ihr Vater und sie konnten Sarah Befehle geben, aber mir gewiss nicht.

„Und wenn ich es nicht tue?", wollte ich aufmüpfig wissen.

„Was wollt ihr dann machen?"

Herausfordernd blickte ich sie an, gleichzeitig ging mir der Hintern auf Grundeis. Die beiden Geschwister wechselten verschworene Blicke miteinander, die eiskalt wurden. Um mich einzuschüchtern, machten sie ein paar Schritte auf mich zu.

„Wenn wir noch einmal kommen müssen, werden wir nicht mehr so zimperlich mit dir umgehen", sagte Sarahs Schwester in einem Tonfall, der die ganze Umgebung augenblicklich in Eis hätte verwandeln können. „An deiner Stelle würde ich es nicht darauf ankommen lassen."

Sarahs Bruder schaute mich finster an. Ich bemühte mich, ihren Blicken ungerührt zu begegnen, aber es kostete mich sehr viel Überwindung und Kraft. Umso erlöster fühlte ich mich, als sie sich von mir abwandten und, ohne mich noch eines Blickes zu würdigen, in aller Ruhe an mir vorbeischlenderten. Ich hielt den Atem an. Mein Blick folgte ihnen, bis sie hinter einer Kurve verschwunden waren. Vier Raben flogen über mich hinweg. Folgten sie ihnen? Erst als ich sie nicht mehr sah und auch keine Schritte mehr hörte, wagte ich, wieder frei zu atmen. Um keinen Schatz der Welt wollte ich ihnen ein zweites Mal begegnen.

Sarah hatte ich beim heruntergekommenen Haus nicht angetroffen. Versteckte sie sich wirklich vor ihren Geschwistern? Ich verbrachte Stunden am Teich, warf Steine so weit ich konnte in die Mitte und fütterte mit einer Semmel, die ich von zu Hause mitgenommen hatte, die Karpfen. Gierig kamen sie an die Wasseroberfläche und saugten die Stücke ein. Dann und wann ließ ich meinen Blick über die Lichtung streifen, bedauerlicherweise kam Sarah aber nie des Weges. Margarete und Ingo waren mir auch im Wald nirgendwo begegnet. Wohin hatten sich die beiden wohl verkrochen? Und wo um Himmels Willen war Sarah? Ich hoffte, ihre Geschwister hatten sie nicht gefunden. Für mich waren das keine angenehmen Zeitgenossen.

Margaretes Tagebuch kam mir in den Sinn, ich packte meine Sachen zusammen und machte mich auf den Weg nach Hause. Mein Atem stockte, als sich die Baumriesen lichteten und ich einen ersten Blick auf unseren Hof werfen konnte. Ruckartig bremste ich und starrte kopfschüttelnd auf die vielen Raben, die auf der Wiese saßen und auf mich zu warten schienen. Zum Hof hatten sie einen Abstand von etwa dreißig Metern gelassen. War das eine Art Sicherheitszone für die Vögel? Ratlos blickte ich mich um. Aus dem Fenster in ihrem Zimmer blickte Margarete. War das Treffen mit Ingo schon vorüber? Sie lehnte auf dem Fensterbrett und betrachtete ernst die schwarzen Besucher. Als sie mich entdeckte, winkte sie mir und wies mich mit einer Handbewegung an, zu ihr ins Haus zu kommen. Misstrauisch musterte ich die Raben auf der Wiese, die meinen Blick schweigend erwiderten. Was dachten sie wohl gerade über mich?

Ich gab mir einen Ruck und fuhr los. Langsam rollte ich auf der Schotterstraße auf unseren Hof zu. Tausende Raben saßen dort oder staksten umher. Misstrauische Blicke begleiteten meine Fahrt schweigend, es kam mir so vor, als würde die Zeit stillstehen. Ich wagte kaum zu atmen, behielt die Vögel im Auge. Da sie sich nicht bewegten und mich nur stumm anstarrten, wirkten sie wie Gespenster auf mich.

Was bezweckten sie mit ihrer Anwesenheit? Sollten sie uns einschüchtern? Hatten sie Sarahs Geschwister mitgebracht oder kamen die Vögel, weil die anderen Raben sie zur Verstärkung geholt hatten? Ich stellte das Fahrrad auf den Ständer und sperrte so gelassen wie möglich die Haustür auf. Erst als ich den Schlüssel zweimal hinter mir wieder im Schloss gedreht hatte, atmete ich befreit lange aus.

„Josua!?", hörte ich die Stimme meiner Schwester, die kurz darauf auf mich zu eilte und mich umarmte. Fest drückte sie sich an mich.

„Ich bin ja so froh, dass du gekommen bist. Opa ist in die Stadt gefahren. Er hat von den Raben noch nichts mitbekommen."

„Seit wann sind die Raben da?"

Margarete rollte eine Haarlocke um ihren Zeigefinger. Das tat sie oft, wenn sie nachdachte.

„Vor einer Viertelstunde. Plötzlich ist der Himmel dunkel geworden. So viele schöne Rabenvögel habe ich noch nie auf einem Haufen gesehen. Ich mag sie."

Gedankenverloren schwieg Margarete einen Moment und lächelte.

„Den ersten Vögeln habe ich Nüsse und Äpfel hingeschmissen. Vermutlich war das ein großer Fehler. Es muss sich unter den Vögeln herumgesprochen haben, denn es sind immer mehr gekommen", erklärte meine Schwester. „Dann habe ich Angst vor ihnen bekommen. Aber seit du da bist, ist sie weg."

Sie strich mir sanft über den Oberarm, wandte sich ab und verschwand wieder in ihrem Zimmer. Ich folgte ihr. Wie im Zoo vorm Käfig standen Margarete und ich stumm nebeneinander am Fenster und glotzten die merkwürdigen Besucher an. Die Vögel hatten sich uns zugewandt, stierten neugierig zu uns herüber.

„Wir müssen sie verscheuchen, bevor Opa oder Mama und Papa nach Hause kommen", sagte ich und erntete von Margarete einen skeptischen Blick dafür.

„Schießen darfst du aber nicht auf sie", sprach sie gleich darauf eine Warnung aus.

Mein Großvater besaß eine Schrotflinte. Ich schüttelte den Kopf.

„Ich töte doch keine Raben."

„Hast du sonst eine Idee?"

„Mögen Raben Musik?", wollte ich wissen.

„Keine Ahnung", antwortete Margarete und plötzlich lächelte sie spöttisch.

„Wenn, dann sind sie Opernfans. Ihre schwarzen Anzüge sprechen für sich."

„Du meinst, wir sollten es mit Klassik versuchen?"

„Heavy Metal und Schlager heben wir uns für später auf", kicherte Margarete, ich musste auch grinsen. Selbst wenn es sich wie eine Schnapsidee anfühlte, wollte ich es wenigstens versuchen. Schnell holte ich meine Box aus meinem Zimmer und stellte sie auf Margaretes Schreibtisch. Via Bluetooth verband ich mein Handy mit meiner Box.

„Du machst es wirklich?", fragte sie und bekam einen Lachanfall.

„Aber erst, wenn du dich wieder gefangen hast. Mozart?"

Margarete kriegte sich langsam ein, überlegte.

„Beethovens neunte Sinfonie ist wohl besser."

Ich gab meiner Schwester völlig recht. Mein Großvater hörte in seinem Zimmer gerne klassische Musik und manchmal spielte er uns etwas vor. Ich öffnete das Fenster, stellte die Box ins Fenster, nahm mein Handy, drehte die Lautstärke auf Maximum und wählte *Beethovens 9.* aus, die gleich darauf über die Wiese hinweg erschallte. Fast synchron hoben die Vögel die Köpfe. Margarete und ich mussten lachten. Die Vögel schien die Musik aber nicht zu irritieren. Dafür sah Margarete angestrengt aus, obwohl sie Ohrstöpsel zum Schutz trug. Sie hatte mir erklärt, dass sie die Musik als helle, dunkle und bunte Bänder wahrnahm, die auf sie zu schwebten. Manche Bänder waren dicker und länger, wechselten ab mit dünnen und kürzeren, und unentwegt kamen mit jedem neuen Ton neue und tanzten durch den Raum. Wenn ich daran dachte, wunderte es mich keine Sekunde, wie sehr meine Schwester Musik anstrengen, aber auch erfreuen konnte. Ein wahres Bänderfeuerwerk fegte wohl gerade durch ihre Gehirnbahnen.

„Können Vögel gut hören?", fragte ich sie.

Erst nach wenigen Sekunden reagierte sie.

„Sicher. Sonst würden sie nicht so schön zwitschern", war für Margarete klar.

Ich machte die neunte Sinfonie wieder aus.

„Heavy Metal wirkt sicher", schlug Margarete vor.

Ich wählte einen Titel aus. Margarete zuckte zusammen, als der Song plötzlich auf die Lichtung hinausdröhnte. Sie wippte zwar im Takt mit, aber legte sich die Hände auf die Ohren. Ich wusste, dass sie nicht besonders auf diese Art von Musik stand. Sie mochte lieber Popmusik. Gespannt strichen unsere Blicke über die Vögel auf der Wiese. Sie zuckten mit keiner Feder, hoben auch nicht den Kopf, sie schienen nun wieder wie erstarrt. Nach einer halben Minute hielt ich das Stück an. Ich stutzte, da ich am Waldrand einen Schatten sah. Sarah? Hatte sie sich hinter einer Buche versteckt? Oder waren mir ihre gruseligen Geschwister gefolgt? Mit Sicherheit konnte ich es nicht sagen. Ich starrte zu dem Baumstamm, aber ich konnte keine weitere Bewegung wahrnehmen. Ohne lange nachzudenken, wählte ich gregorianische Chormusik aus, die meine Mutter einmal gehört hatte. Es war wohl eine plötzliche Eingebung. Der Chorgesang tönte feierlich über die Wiese.

Margarete warf mir einen überraschten Blick zu. Ich zuckte nur die Schultern, als die sonoren Stimmen der Sänger die Raben auf der Wiese und den Wald einhüllten. Als hätte ich genau den Nerv der Raben getroffen, reckten sie hektisch ihre Schnäbel in die Höhe und schauten sich aufgeregt um, krächzten, flatterten beunruhigt mit ihren Flügeln. Wieder glaubte ich, einen Schatten im Wald zu sehen. Hatte ich mich schon wieder getäuscht? Keine zwei Sekunden später begann sich die schwarze Wiese zu bewegen, ohrenbetäubendes Krächzen und Kreischen setzte ein, fast gleichzeitig erhoben sich die vielen Vögel und flatterten über die Baumwipfel hinweg. Bald hoben sie sich wie schwarze Blätter, die der Wind in alle Himmelsrichtungen verweht hatte, vom Horizont ab.

Margarete und ich blickten uns zufrieden an. Die Wiese war leer, die Raben verschwunden, nur die sonoren Töne bedeckten sie. Gleich darauf schaltete ich die Musik aus, die Stille ernüchterte mich ebenso wie Margarete. Ich nahm die Box vom Fensterbrett und schloss das Fenster.

„Wenigstens wissen wir jetzt, wie wir die Raben loswerden."

Als ich die Box wieder in mein Zimmer trug, folgte mir meine Schwester. Ich ließ mich auf mein Bett fallen. Am liebsten hätte ich jetzt ein wenig geschlafen.

„Wie war es mit Ingo?", fragte ich.

„Wunderschön. Er ist so aufmerksam."

Die Stimme meiner Schwester wurde ganz weich.

„Er hat mich geküsst. Er möchte mich bald wiedersehen."

Sie lächelte ergeben, als wäre sie in Gedanken ganz bei ihm. Von einem Augenblick auf den anderen wurde ihr

Gesichtsausdruck aber verzagt. Unvermittelt kullerten Tränen über ihre Wange. Ich sah sie irritiert an.

„Verzeih mir", sagte sie nur und wischte sich mit der Hand die Tränen aus dem Gesicht.

Dann nickte sie mir zu, ging in ihr Zimmer und schloss die Tür hinter sich.

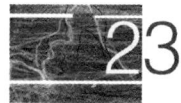

23

Eine Stunde später war Margarete verschwunden. Ich suchte sie im ganzen Haus, aber sie musste weggegangen sein. Mein Großvater war auch noch nicht zurück. Ohne viel Zeit zu verlieren, nahm ich mir Margaretes Tagebuch zur Hand. Erfreut stellte ich fest, dass es neue Einträge gab. Sie hatte einen Raben skizziert und Sarahs Gesicht gezeichnet. Wo war Sarah gerade? Vielleicht war es doch nicht die Musik, die die Raben weiterziehen ließ. Hatte sie mir mit den Raben geholfen? Und wo waren ihre Geschwister? Hatten sie sie aufgespürt und zu ihrem Vater mitgenommen? Bei diesem Gedanken spürte ich ein Stechen in meinem Magen. Ich wandte mich wieder Margaretes Tagebuch zu.

Die Endgültigkeit lähmt mich und stärkt mich zugleich. Ich sehe klarer als je zuvor.

Ich hatte keinen blassen Schimmer, wovon sie schrieb. Was oder wann hatte meine Schwester etwas besiegelt? Oder was verstand sie mit endgültig? Hatte sie mit Sarah ein geheimes Abkommen geschlossen, das die beiden Freundinnen vor mir verschwiegen?

Ich besitze 3267 Dinge. Meine 424 Bücher sind darin eingeschlossen. Aber besitze ich sie überhaupt? Habe ich sie nicht vielmehr für eine gewisse Lebenszeit geliehen?

Wie viele Gegenstände ich wohl besaß? Irgendwann würde ich vielleicht so wie Margarete sie zu zählen beginnen. Doch derzeit hatte ich nicht die geringste Lust dazu. Ich las ihre nächste Liste.

Was ich in meinem Leben alles noch tun möchte
Zeit mit meinen Liebsten verbringen und mich bei ihnen bedanken
Den Regen auf meiner Stirn spüren
Alle Kontinente bereisen
Mit Sarah den Sonnenuntergang genießen
Den Duft der Buschwindröschen einsaugen
Josua alles erklären

Wieder fragte ich mich, was Margarete damit meinte. Wollte sie mir die Szene mit Sarah auf der Wiese erklären, als sie gerauft hatten? Ich hoffte, sie würde sich schnell dazu entschließen. Schließlich wollte ich nicht noch länger im Dunkeln tappen.

Die Katze der Nachbarin streicheln
Einen Pullover und einen Rock für die Reise kaufen

Reise? Welche Reise? Hatte meine Schwester vor, mit Sarah abzuhauen? Mein Herz hüpfte vor Panik in meinem Brustkorb. Meine Schwester durfte nicht sang- und klanglos weggehen. Das würde sie Großvater, meinen Eltern und mir gewiss nicht antun. Oder vielleicht doch? Ich spürte ein merkwürdiges Kribbeln am ganzen Körper. Ich musste Sarah darauf ansprechen. Um mich auf andere Gedanken zu bringen, las ich weiter.

Mit Ingo schlafen

Wieso wurde mir auf einmal heiß? Ich war gewiss schon rot im Gesicht. Fühlte ich mich schuldig, von ihren intimsten Sehnsüchten zu lesen? Oder wollte ich solche sexuellen Dinge einfach nicht von meiner Schwester hören? War ich wirklich so verkappt oder störte es mich nur, weil es sich um Margarete handelte?

Mit dem Wind um die Wette laufen
In der Wiese liegen und in den Himmel blicken
Die Schönheit der Welt sehen und genießen
Den Moment preisen
Loslassen
Die Angst benennen und verscheuchen
Ausmalen, wie alles sein wird

Liste wird fortgesetzt, aber nie vollständig sein.

Nachdenklich legte ich das Tagebuch wieder zurück in Margaretes Schrank. Der Eintrag unterschied sich von den bisherigen. Was war der Grund dafür? Als ich den Tagebuchschlüssel wieder in die Schatulle legte und das Zimmer meiner Schwester verließ, quälten mich mehr Fragen als zuvor. Wieso hatte Margarete nichts über die Begegnung mit Ingo geschrieben? Und vom gemeinsamen Familienabendessen? Oder wie sie in der Nacht mit Sarah auf der Lichtung mit den Buschwindröschen gewesen war und etwas Unsichtbares verstreut hatte? Mit keinem Wort erwähnte sie diesen nächtlichen Ausflug. Normalerweise hielt sie alle ihre Erlebnisse fest. Wieso diesmal nicht?

Außer ein kryptischer Satz am Anfang, die Zahl ihrer Gegenstände und die Liste. Auch darin waren einige Punkte schwammig.

Ich schloss die Tür hinter mir. Zur Kontrolle warf ich einen Blick aus meinem Fenster, aber die Raben waren Gott sei Dank nicht zurückgekehrt. Das Auto meines Großvaters bog in die Schotterstraße und fuhr auf unseren Hof zu. Wenige Minuten danach öffnete er die Haustür und trat ein. Er schien beruhigt, als er mich in der Küche entdeckte.

„So etwas habe ich noch nie erlebt", begann mein Großvater aufgebracht. Er hängte seine Kappe auf einen Haken und zog sich die Jacke aus. Ich sah ihn interessiert an. Er setzte sich nicht zu mir, da er viel zu aufgeregt war.

„Raben. Überall. Wie schwarze Ratten", sagte er und schüttelte ungläubig den Kopf. Mein Puls schnellte in die Höhe. Fragend blickte ich ihn an.

„Sie sitzen auf der Lichtung und auf den Feldern. Sogar am Hauptplatz haben sie sich niedergelassen. Wie dunkle Krieger, die das Dorf einnehmen wollen", erzählte er mit ernster Stimme.

Er ging zum Kühlschrank, nahm sich eine Bierflasche heraus, öffnete sie und trank einen kräftigen Schluck.

„Es müssen Hunderttausende sein. Wenn nicht sogar Millionen. Alle Felder sind schwarz und die Wiesen. Alles schwarz."

Wieder nahm er einen Schluck, drückte den Deckel auf die Flasche und stellte sie halbvoll in den Kühlschrank.

„Im Wirtshaus haben sich schon die Jäger getroffen. Einige wollen die Tiere abschießen. Die Tierschützer konnten sie noch zurückhalten. Aber lange können sie die Jäger nicht mehr in Schach halten. Bald wird geschossen. Als ob das etwas bringen würde? Schüsse haben noch nie ein Problem gelöst. Raben sind klug. Diese Vögel halten zusammen und lassen sich nicht so leicht ins Bockshorn jagen."

Er trat einen Schritt ans Fenster, spähte auf die Wiese.

„Uns haben sie zum Glück bisher verschont. Aber es wird nur eine Frage der Zeit sein, bis sie auch hierherkommen."

„Und was bedeutet ihre Ankunft? Was denkst du?"

Mein Großvater blickte mich düster an.

„Ich weiß es nicht, Josua. Manche sehen in den Raben Glücksboten. Für andere kündigen sie ein Unglück an. Wahrscheinlich weil sie Aasfresser sind und die Nähe zu Schlachtfeldern gesucht haben, um von den menschlichen Leichen zu fressen."

Bei dem Gedanken erschauderte ich, obwohl die Raben weder die zum Tode verurteilten noch die gefallenen Krieger auf dem Gewissen hatten. Ich wollte mir das gar nicht im Detail vorstellen.

„Auf alle Fälle muss es einen Grund für ihr Kommen geben", fuhr mein Großvater fort. „Ich habe ein schlechtes Gefühl."

Noch einmal blickte mein Großvater aus dem Fenster, nickte mir zu und verließ nachdenklich die Küche. Ich trank meinen Tee aus. Für mich kam nur eine Person in Frage, die mir auf die Ankunft der Raben und die Aufzeichnungen meiner Schwester Antworten geben konnte.

Zum zweiten Mal an diesem Tag machte ich mich zum heruntergekommenen Haus auf. Wie beim ersten Mal fehlte von Sarah und ihren beiden Raben jede Spur. Verzweifelt setzte ich mich auf die Bank vor dem Haus. Meine Stimmung war auf dem Tiefpunkt. Verlassen und unwirtlich kam mir die Lichtung auf einmal vor. Wo, verdammt noch mal, war Sarah? Hatten ihre Geschwister sie aufgespürt und sie ihren Auftrag endlich ausgeführt? War sie danach aufgebrochen, ohne sich von mir zu verabschieden? Und hatte sie sich auch vor Margarete davongestohlen? Wenn, dann mussten ihre Geschwister sie dazu gezwungen haben, das stand für mich fest. Ich ballte die Fäuste, stand auf, ließ meinen Blick über die Lichtung schweifen.

Möglicherweise war Margarete mit Sarah mitgegangen. Oder von welcher Reise schrieb sie sonst in ihrem Tagebuch? Je mehr ich darüber nachdachte, desto mehr traute ich es ihr zu. Letztlich war Sarah nun ihre Freundin. Sie waren, wie ich auf der Lichtung mit den Buschwindröschen gesehen hatte, wieder ganz eng miteinander. Hastig wählte ich Margaretes Nummer, aber wie meist hob sie nicht ab. Ich sprach ihr auf die Mailbox, bat sie, sich sofort bei mir zu melden. Ob sie es tun würde, stand zweifelsohne in den Sternen. Bei Margarete wusste man nie. Ich steckte das Handy zurück in meine Tasche. Mit schnellen Schritten überquerte ich die Lichtung. Kaum hatte ich die Wiese verlassen, trat Sarah plötzlich hinter einem Baumstamm vor mir auf den Pfad. Ich glotzte sie entgeistert an. Mein Schreck wich aber schnell der Freude, Sarah endlich wiederzusehen.

Sie lächelte mich an.

„Josua", sagte sie sanft.

„Sarah. Ich bin so froh, dass du noch da bist."

Ich ging auf sie zu, nahm sie in den Arm und küsste sie auf den Mund. Ihre Lippen waren kalt.

„Versteckst du dich hier?", wollte ich wissen.

Sarah antwortete nicht darauf, sah mich nur abwartend an.

„Ich habe eine Schwester und einen Bruder von dir getroffen. Sie haben mir gedroht", erzählte ich ihr.

Wieder ging ich davon aus, dass Sarah dies nur schweigend zur Kenntnis nehmen würde. Sie presste ihre Lippen aufeinander, schüttelte den Kopf, als ob sie es nicht glauben konnte und blickte mich an.

„Es tut mir leid. Die beiden hat mein Vater geschickt, darum tun sie so bedeutungsvoll. Ihre Mission ist ihnen wohl zu Kopf gestiegen."

Ich lächelte Sarah bestärkend zu. Sie konnte schließlich nichts für das Benehmen ihrer Geschwister.

„Hast du sie auch getroffen?"

Sarah verzog das Gesicht, nickte bitter.

„Ich muss morgen fortgehen."

Das durfte nicht sein. Ich glaubte, nicht richtig zu hören. Ich musste besonders niedergedrückt ausgesehen haben, denn Sarah kam auf mich zu und nahm mich in den Arm. Ich schmiegte mich eng an sie. Es würde wohl eine unserer letzten Umarmungen sein, wenn nicht sogar die letzte.

„Bleib hier! Du kannst bei uns wohnen ...", bot ich ihr an.

„Und was werden deine Eltern dazu sagen?"

Sarah sah mich sanftmütig an. Natürlich konnte sie nicht ohne die Erlaubnis ihres Vaters bei uns wohnen. Sie war zu jung. Außerdem würden da meine Eltern noch ein gewichtiges Wörtchen mitreden. Sie wusste so gut wie ich, dass mein Angebot unmöglich war.

„Aber die letzte Nacht verbringen wir zusammen", sagte ich, da dies für mich feststand. Ich hatte nicht damit gerechnet, dass Sarah den Kopf schütteln würde.

„Glaube mir, ich würde sehr gerne. Leider geht das nicht, Josua. Nicht heute."

Der Stich in meiner Brust traf mich völlig unerwartet. Es dauerte ein paar Sekunden bis ich mich wieder gefangen hatte. War ich so enttäuscht von Sarahs Reaktion? Oder war es die Tatsache, dass ich Sarah nur mehr wenige Stunden sehen konnte. Oder alles zusammen?

„Triffst du dich mit Margarete? Wird sie mit dir gehen?", wollte ich wissen, da mir Margaretes Tagebuchzeilen nicht aus dem Kopf gingen.

„Wie kommst du darauf? Nein", antwortete Sarah schnell und schüttelte entschieden den Kopf. Mir fiel eine zentnerschwere Last von den Schultern. Ich konnte mir unser Haus und den Wald ohne Margarete einfach nicht vorstellen. Sie war schließlich schon mein ganzes Leben lang um mich.

„Kommst du noch zum Hof, wenn du morgen losziehst? Ich möchte mich von dir verabschieden", bat ich sie.

Sie musterte mich eingehend. Ich zog meine Mundwinkel nach unten, wollte sie nicht einfach so gehen lassen. Zwischen uns hatte doch gerade erst alles begonnen. Sie lächelte zart, nickte schließlich.

„Wir werden uns wiedersehen, Josua. Das verspreche ich dir, aber du musst noch Geduld haben."

Ihr verzagter Blick traf direkt in mein Herz. Sarah nahm meine Hand, zog mich an sich und gab mir einen langen Kuss. Ich schloss die Augen, um mir den Moment einzuprägen. Aus der Ferne hörte ich das Krähen der beiden Raben. Klangen sie diesmal heller und ausgelassener? Freuten sie sich, weil sie morgen weiterziehen würden?

Ich öffnete die Augen und sah, wie die beiden Raben in einiger Entfernung auf einem armdicken Ast landeten. Sie linsten zu uns herüber. Sarah grinste in ihre Richtung.

„Ich möchte noch einmal zum Teich gehen", sagte sie, und mir wurde wieder schmerzlich bewusst, dass wir für sehr lange Zeit zum letzten Mal gemeinsam am Steg sitzen würden.

Es ging eine frische Brise, als wir den Steg erreichten. Der Wind scheuchte das Wasser auf, zeichnete schöne Muster auf die Wasseroberfläche. Manchmal kräuselte sich das Wasser halbkreisförmig, manchmal tanzten kleine Wellen ausgelassen über die Oberfläche hinweg, dann wieder lag der Teich nur glatt da, bis der Wind erneut Bewegung in das Wasser brachte. Die Äste der Bäume hoben und senkten sich. Sarah und ich saßen wie gewohnt am Steg. Sie lehnte mit ihrem Kopf an meiner Brust. Still blickten wir auf die Windspiele am Wasser. Ich fragte mich, ob Sarah noch immer Gesichter auf der Teichoberfläche sah. So ruhig, wie sie auf mich wirkte, hatte wohl der Wind die Gesichter weggeblasen. Eigentlich hatte ich damit gerechnet, dass der Teich, ebenso wie die Lichtungen, von den Raben bevölkert sein würde. Es war aber weit und breit kein einziger schwarzer Vogel zu sehen. Stand dieser Ort unter einem besonderen Schutz?

Auf die Lichtung vor dem heruntergekommenen Haus wagten sich außer Amatus und Ansgard ebenfalls keine Raben. Auf Margaretes Lichtung mit den Buschwindröschen hatte ich auch noch keinen der dunklen Gesellen gesehen. Und auch die Raben vor unserem Hof hatten schnell das Feld geräumt. War Sarah doch ihre Fürstin und hatte ihnen befohlen, diese Orte zu meiden?

Ich streichelte ihre Wange, unsere Gesichter waren sich ganz nah. Sachte hauchte ich ihr einen Kuss auf die Haut, zog mich wieder zurück. Ein wenig gekränkt war ich schon, weil Sarah ihre letzte Nacht nicht mit mir verbringen wollte. Wieder nagte die Frage an mir, was Sarah heute in der Nacht tun würde. Würde sie ihren Auftrag ausführen? Und würde mir morgen ein Licht aufgehen, warum Sarah ins Dorf gekommen war?

„Heute waren Raben vor unserem Haus", begann ich zu erzählen. „Es waren Hunderte. Ich habe Musik gespielt. Chorgesang. Dann sind sie weitergeflogen."

Sarah hob nur die Augenbrauen, blickte gedankenverloren auf die Wasseroberfläche.

„Ich habe mir eingebildet, dich hinter einem Stamm gesehen zu haben", offenbarte ich Sarah, die sich zu mir drehte.

„Da hast du dich getäuscht, Josua."

„Aber die Raben haben doch mit dir zu tun", ließ ich nicht locker. „Verschwinden sie mit dir, wenn du morgen weiterziehst?"

Ich fixierte sie. Sarah wandte den Blick ab und richtete sich auf, als sei ihr die Sache unangenehm.

„Ich kann dir nicht sagen, warum ich hier bin, Josua. Wir haben nicht mehr viel Zeit. Willst du sie mit unnötigen Diskussionen vergeuden?"

Sarah sah mich spröde an. Ich erwiderte ihren Blick aufgewühlt.

„Mein Vater hat meine Geschwister als Warnung losge-
schickt. Glaub mir, du möchtest nicht, dass er in dein Dorf
kommt!"

Sarahs Augen waren dunkler geworden. Ein zweites Mal
spürte ich eine unerklärliche Kälte neben ihr, die mich er-
zittern ließ. Genauso wie bei Sarahs Geschwistern. Diese Kälte war mächtiger als die vorangehenden. Sie legte sich über
mich, den Steg und den Teich. Würde er in den nächsten
Minuten zufrieren?

Erst als mein Körper zu beben begann und mich Sarah wie
verwandelt anlächelte, verschwand die Kälte so unvermittelt,
wie sie gekommen war. In diesem Moment hallten die früheren Warnungen meiner Schwester vor Sarah in meinem
Kopf wider, die ich als Hirngespinst abgetan hatte. Als wäre
nichts gewesen, streichelte Sarah zärtlich mein Gesicht, lächelte mich aus warmen Augen an und küsste mich. Ihr Kuss
war heiß und voller Versprechungen. Hatte ich mir die Kälte
nur eingebildet? Ich wusste in dem Moment gar nichts mehr.
Sarah zog mich auf den Steg, rollte sich auf mich. Das aufgeregte Flüstern der Blätter legte sich wie ein flirrender Mantel
über uns und hüllte uns ein …

Wir standen uns am Waldrand vor der Lichtung zum Hof
andächtig gegenüber. Nach wie vor waren die Raben nicht
zurückgekommen. Wortlos hielten wir uns an den Händen
und blickten uns dabei tief in die Augen. Sarah war ebenso
bedrückt wie ich. Ich sah es in ihrem Gesicht, wie schwer ihr

der Abschied fiel. Mir ging es nicht besser. Eigentlich wollte ich Sarah noch so viel sagen, aber ich war einfach nicht in der Lage dazu. Ich hatte einen riesigen Kloß im Hals. Ich schloss die Augen, fühlte ihre Hand in meiner zum letzten Mal. So durfte es nicht enden. Ich seufzte laut. Wie lange standen wir so da? Zehn Minuten? Zwanzig? Ich hatte jedes Gefühl für Raum und Zeit verloren. Sarah war da, das war das Wichtigste. Ich würde sie besuchen, egal wie ihr Vater darüber dachte. Das stand für mich in diesem Moment fest. Es war Sarah, die den ersten Schritt machte und ihre Hände als Erste löste.

„Wir sehen uns morgen."

Mutlos blickte ich sie an. Sie trat einen Schritt auf mich zu, streichelte zart über meine Wange, lächelte mich liebevoll an. Gleich darauf drehte sie sich um und stapfte davon. Ich vermied es lieber, ihr nachzublicken, trat auf die Lichtung und ging auf unseren Hof zu.

Meine Eltern wollten in die Stadt fahren, um ins Theater zu gehen. Mir fiel auf, dass Margarete ihre Nähe suchte. Sie wünschte ihnen eine gute Aufführung und umarmte sie innig zum Abschied. Meine Schwester stand lange in der Tür, beobachtete, wie sie ins Auto stiegen, winkte ihnen zu und blickte dem Auto sehnsuchtsvoll nach, bis die Rücklichter verschwunden waren. Merkwürdigerweise blieb sie dann noch ein paar Minuten stehen, als ob sie in den Wald lauschen würde. Dann kam sie mit einer Laterne aus Holz, die mein Großvater gebastelt hatte, in die Küche, zündete eine Kerze an und stellte die Laterne neben unsere Eingangstür. Das flackernde Kerzenlicht war gewiss bis an den Waldrand zu sehen. Ich wunderte mich über Margaretes Handlung, sprach sie aber nicht darauf an. Anschließend ging sie zu meinem Großvater ins Zimmer. Ich hörte die beiden lachen. Worüber sie sprachen, konnte ich leider nicht verstehen. Ich blieb in der Küche sitzen, trank Wasser und las in einem Buch. Ich wollte mich von Sarah ablenken, aber es gelang mir einfach nicht. In fand nicht in die Geschichte, und irgendwann verschwammen die Buchstaben und Wörter zu einem einzigen Wort: Sarah. Genervt trug ich das Buch in mein Zimmer, legte es auf meinen Schreibtisch und ließ mich auf mein Bett fallen. Vielleicht hatte Margarete

Lust auf einen Spaziergang? Ich wollte heute nicht allein sein …

Nach einer Stunde trat Margarete wieder in den Flur und ging ins Bad. Ich hörte das Wasser rauschen. Sie nahm wohl eine Dusche, danach dröhnte das Geräusch des Föns durch das Haus. Wieso wusch sie heute Abend ihr Haar? Ich hörte, wie sie über den Flur in ihr Zimmer tippelte. Ein paar Minuten gab ich ihr noch zum Anziehen, dann stieg ich aus dem Bett und klopfte an ihre Tür. Als sie öffnete, war ich überrascht, dass sie geschminkt war und sogar einen violetten Lippenstift trug. Normalerweise ging sie mit Schminke äußerst sparsam um. Es war aber nicht nur ihr Make-up, das mich argwöhnisch werden ließ. Margarete trug einen langen schwarzen Faltenrock und eine violette Bluse dazu. Zu ihren grauen Haaren und dem violetten Lippenstift sah es toll aus. In dieser Kleidung hatte ich sie noch nie gesehen. Hatte sie sich die Bluse und den Rock, so wie sie es in ihrem Tagebuch angekündigt hatte, für ihre Reise neu gekauft? Außer dass sie sich gegen einen Pullover und für eine Bluse entschieden hatte. Ich konnte mir wieder keinen Reim darauf machen. Nur hinter meinem linken Ohr verspürte ich ein merkwürdiges Ziehen. Das bekam ich manchmal, wenn ich angestrengt war.

„Hast du Lust auf einen Spaziergang?", fragte ich sie. Meine Schwester musterte mich mit weichem Blick.

„Ich wollte dich auch schon fragen. Allerdings muss ich dann weiter."

„Wohin?"

Sarah strich sich eine Locke hinters Ohr. In ihren Augen lag ein ungewohnter Glanz.

„Ich treffe mich noch mit Ingo", sagte sie, aber irgendwie klang es für mich schwermütig. Freute sie sich nicht, ihn zu treffen?

Die Vollmondnacht war heller als die vorangegangene. Als wir die Wiese vor unserem Hof überquerten, drehte ich mich einmal um. Das Licht der Laterne leuchtete bis zu uns. Gemächlich schlenderten Margarete und ich durch den Wald. Meine Schwester wollte diesmal nicht zu ihrer Lichtung mit den Buschwindröschen gehen.

„Wieso hast du die Kerze angezündet und die Laterne vor die Tür gestellt?", wollte ich schließlich doch wissen, weil mir die Frage schon länger auf der Zunge lag. Meine Schwester sah mich belustigt an.

„Ist sie nicht schön? Wenn Mama und Papa oder wir heimkommen, werden wir von diesem warmen Licht empfangen", antwortete sie nur, und wir gingen weiter durch den Wald.

Die meiste Zeit schwiegen wir. Manchmal hörten wir ein Knacken oder das Knarzen der Baumstämme, Eulenschreie oder Schritte der Tiere, die vor uns flüchteten. Dann blieben wir stehen, lauschten, aber leider konnten wir die Rehe, Dachse und Füchse nicht entdecken.

„Du bist heute ganz schwarz", sagte Margarete plötzlich. „Und gestern warst du es auch. Du darfst dir nicht zu viele Sorgen machen. Das Orange steht dir viel besser."

Ich sah sie an. Der Vollmond stand rund und riesig am Himmel. Margaretes Gesicht war in silbernes Licht getaucht.

Wir hatten ein Waldstück mit hochaufragenden Buchen erreicht. Dort blieben wir stehen.

„Es ist wegen Sarah. Ich werde nicht aus ihr schlau. Sie sagt mir nicht, warum sie weg muss. Und nennt mir nicht den Grund, wieso sie überhaupt hier ist."

Die Verzagtheit in meiner Stimme war deutlich zu hören. Das Schweigen, das darauf folgte, war bedrückend. Margarete hatte sich weggedreht. Sie ging ein paar Schritte. Wo war sie mit ihren Gedanken?

„Sie hat gewiss ihre Gründe für ihr Schweigen. Es ist wohl besser, du findest dich damit ab", sagte sie nach einiger Zeit.

Ich fand ihre Antwort nicht besonders erbauend. Nein, das wollte ich keinesfalls hören. Nun war ich mir sicher, dass die beiden unter einer Decke steckten.

„Ich habe aber keine Lust dazu, es zu akzeptieren. Ich mag sie. Und ich werde sie besuchen, wenn sie weggeht. Da kann sich ihr Vater auf den Kopf stellen oder nicht. Von dem lass ich mir nichts befehlen!", antwortete ich entschieden.

Margarete musterte mich und schwieg, das brachte mich noch mehr in Rage. Ich ballte die Fäuste.

„Du weißt doch mehr als ich, Margarete", sprach ich aus, was ich die ganze Zeit dachte. „Was hat dir Sarah erzählt? Warum habt ihr auf der Lichtung gerangelt? Du scheinst ja ganz schön durch den Wind gewesen zu sein! Vertraust du Sarah mehr als mir? Ich verstehe das alles nicht mehr."

Ich zog sie am Arm, aber Margarete schob ihn weg. Meine Schwester blickte nun in meine Richtung. Ich sah ihre Augen in der Finsternis nicht, hörte aber, dass sie den Atem anhielt.

„Bespitzelst du uns schon wieder? Bist du uns damals in der Nacht auf die Lichtung gefolgt und hast unseren Streit mitverfolgt? Geht's noch, Josua? Wie Sarah und ich die Zeit verbringen, geht dich nicht das Geringste an! Halte dich ja in Zukunft raus!", sagte sie bestimmt.

Bestürzt sah ich sie an. Schlagartig war wieder mein schlechtes Gewissen da, das ich in den letzten Tagen in irgendeinen Winkel meines Körpers verbannt hatte.

„Ja, ich bin euch damals gefolgt. Ich habe mir Sorgen gemacht, das verstehst du doch, Margarete. So wie du über Sarah gesprochen hast, ist das doch kein Wunder. Verzeih mir. Ich weiß, dass ich zu weit gegangen bin."

Verlegen kratzte ich mich an der Nase, machte eine einlenkende Handbewegung. Meine Schwester betrachtete mich ruhig.

„Schon vergessen, Bruderherz. Aber bitte führ dich nicht andauernd wie mein persönlicher Leibwächter auf. Das nervt gehörig. Versprochen?"

Ich nickte. Was blieb mir auch anderes übrig? Natürlich würde ich sie mein Leben lang vor Menschen beschützen, die sie schlecht behandelten. Das würde sich nie ändern, da konnte meine Schwester noch so eindringlich an mich appellieren. In dieser Hinsicht war ich taub.

„Sarah hat mich damals auf der Lichtung überrumpelt", fuhr sie in versöhnlichem Tonfall fort. „Ich habe mir nicht anders zu helfen gewusst, als sie zu boxen. Kein Meisterstück, ich weiß. Aber wir haben uns längst verziehen. Sie kann nichts dafür und auch nichts daran ändern."

„Was nicht ändern?"

„Das ist nicht der Rede wert. Und etwas zwischen Sarah und mir."

„Na toll! Schon wieder diese schwachsinnige Geheimniskrämerei."

„Sei bitte nicht unfair, Josua."

Wieder lag eine schwere Stille zwischen uns. Ich wusste, dass Margarete ihre Meinung nicht mehr ändern würde. Wenn sie sich zu etwas entschlossen hatte, war sie konsequent und stur. Plötzlich kam sie auf mich zu und umarmte mich. Ich spürte ihre warmen Arme, unvermittelt durchfloss ein Gefühl der Wärme und der bedingungslosen Liebe meinen Körper. Ich fühlte mich geborgen und verbunden mit meiner Schwester. Dieses wohltuende Gefühl konnte nur von Margarete auf mich übertragen worden sein. So intensiv hatte ich es noch nie zuvor gespürt. Ich genoss es und ließ es zu. Doch auf einmal erschrak ich. Denn ich fühlte noch etwas, ein anderes Gefühl im Schatten der Liebe, das nur auf seine Chance lauerte, daraus hervorzutreten. Zunächst nahm ich sie nur scheu war, doch mit jeder Sekunde konnte ich fühlen, wie sie stärker und mächtiger wurde: die Angst, die nackte, gnadenlose Angst.

25

Margarete hatte mich noch ein Stück auf dem Nachhauseweg begleitet. Sie wollte Ingo auf der Lichtung mit den
Buschwindröschen treffen. Beim Abschied tätschelte sie meine Hand.

„Danke für alles", sagte sie.

Wieso bedankte sie sich schon wieder? Und warum hatte
ich bei ihr so eine große Angst gespürt?

„Richte Ingo einen schönen Gruß aus", entgegnete ich nur,
anstatt es anzusprechen, nickte ihr zu und bog dann auf den
Pfad zu unserem Hof ab. Als ich mich kurz umdrehte, sah
ich, dass Margarete noch auf ihrem Platz an der Abzweigung
stand und mir nachblickte. Plötzlich hörte ich Schritte in un-
mittelbarer Nähe von mir. Zog da ein Reh an mir vorbei?
Wildschweine? Oder war mir jemand gefolgt? Sarah? Ihre un-
heimlichen Geschwister? Ich glaubte, über mir ein Flattern
zu hören, das aber schnell verschwand. Raben? Fledermäuse
hörte man nicht in der Nacht. Als ich kein Geräusch mehr
vernahm, schritt ich weiter. Ich überlegte, ob ich mein Handy als Taschenlampe zur Hand nehmen sollte, um nicht über
eine Wurzel zu stolpern, aber ich ließ es und entschied mich
für die Finsternis. So konnte ich wenigstens nicht im Wald
ausgemacht werden, falls Sarahs Geschwister noch durch die
Gegend streiften …

Meine Schwester war wohl längst auf der Lichtung und verbrachte Zeit mit Ingo. Ich freute mich für sie, denn er schien aufrichtig zu ihr zu sein und sie zu mögen.

Nach rund zwanzig Minuten erreichte ich unseren Hof. Das flackernde Licht der Laterne stach mir als Erstes ins Auge. Es schien mich willkommen zu heißen. Beruhigt stellte ich fest, dass keine Raben vor unserem Hof saßen. Ich war nach wie vor überzeugt, dass die schwarzen Vögel verschwinden würden, wenn Sarah und ihre beiden gefiederten Begleiter weiterzogen. Im Haus brannte kein Licht mehr. Nur die Lampe an der Hauswand leuchtete und die Kerze in der Laterne. Der Wagen meiner Eltern stand vorm Hof. Wussten sie, dass Margarete und ich ausgeflogen waren? Mein Großvater hatte uns gewiss nicht verraten.

So leise wie möglich schloss ich auf, huschte über den Gang und verschwand in meinem Zimmer. Nachdem ich meine Jacke ausgezogen hatte, stahl ich mich in Margaretes Zimmer. Ich musste wissen, ob sie in der Zwischenzeit in ihr Tagebuch geschrieben hatte. Wie ein Süchtiger öffnete ich gierig ihre Schatulle, wollte den Schlüssel herausnehmen und traute meinen Augen nicht. Er war nicht drinnen. Nur die vielen anderen Schlüssel konnte ich darin ausmachen. Wobei nicht alle Tagebücher zum Abschließen waren. Auf den ersten Blick ging ich von rund der Hälfte aus. Zum Glück hatte aber meine Schwester die kleinen Schlüssel mit Bändchen versehen, an denen jeweils ein Zettelchen hing. Darauf standen der Monat und das Jahr. So konnte man leicht herausfinden, welcher Schlüssel zu welchem Buch gehörte. Nur an dem Schlüssel zu ihrem lila Tagebuch hatte sie noch kein Bändchen befestigt. Und der fehlte. Angespannt machte ich den Schrank auf. Das lila Tagebuch war ebenso verschwunden wie der Schlüssel. Hektisch suchte ich die Tagebuchstöße nach dem lilanen durch. Schaute auch hinter die Stapel, falls es dort hinuntergerutscht war. Vergeblich, es war nicht da.

Langsam wurde ich panisch. Räumte alle Tagebücher aus dem Schrank und stellte sie mit dem Buchrücken nach oben in Reihen auf Margaretes Bett. Ich durchwühlte den Schrank, schob ihre Kleider zur Seite, kramte in ihren Schubladen, inspizierte ihren Schreibtisch, vermutete es in ihrem zerwühlten Bett, aber es blieb verschwunden. Entweder war sie mir auf die Schliche gekommen und hatte es versteckt, oder sie trug es mit sich. Ich nahm nicht an, dass es jemand anderes genommen hatte. Meinen Eltern traute ich es keinesfalls zu. Und mein Großvater betrat unsere Zimmer so gut wie nie. Wieder einmal stand ich vor einem Rätsel. Wollte Margarete im Wald weiterschreiben und hatte es deshalb genommen? Möglicherweise wollte sie ihre Empfindungen nach dem Treffen mit Ingo sofort zu Papier bringen. Oder gab es einen anderen Grund?

Ich spielte mit dem Gedanken, den ganzen Hof nach dem Tagebuch abzusuchen. Verwarf ihn aber wieder, da das wohl Tage, wenn nicht sogar Wochen dauern würde, bis ich auch den letzten Winkel durchsucht hatte. Wenn Margarete es mitgenommen hatte, würde sie es gewiss wieder in ihrem Schrank verstauen, sobald sie von dem Treffen mit Ingo zurück war. Sie würde es doch nicht bei Ingo lassen? Niemals!

Ich griff nach einem der Tagebücher auf dem Bett und begann, Buch für Buch einen ersten Tagebuchstoß im Schrank zu errichten. Ich bemühte mich dabei, die Reihenfolge beizubehalten, die meine Schwester festgelegt hatte. Dies war nicht schwierig, da sie chronologisch vorgegangen war und ich die Bücher nur Monat für Monat und Jahr für Jahr aufeinanderlegen musste. Bald hatte ich die drei Stöße errichtet, vergewisserte mich, dass alles wie vorher aussah, ordnete ihre Kleidungsstücke und schloss den Schrank. Ich verließ Margaretes Zimmer, ging in meines und trat ans Fenster. Die Kerze in der Laterne brannte noch. Ein paar Minuten blieb ich stehen, betrachtete das Flackern, das mir mit der Zeit immer mehr wie ein Tanz vorkam. Kein freudiger Tanz, vielmehr ein verzweifelter, quälender Tanz, der sich gegen die Dunkelheit da draußen stemmte.

Mit offenen Augen lag ich im Finstern in meinem Bett. Dürftiges Licht drang von der Außenleuchte in mein Zimmer. Ich wollte es noch immer nicht wahrhaben, dass Sarah am nächsten Tag fortgehen würde. Sie fehlte mir jetzt schon. Ich seufzte laut. Was tat sie wohl gerade? Hätte ich darauf bestehen sollen, mit ihr die letzte Nacht im Wald zu verbringen? Schließlich war ich ja ihr Freund. Für einen Moment spielte ich mit dem Gedanken, mich auf den Weg zu Sarah zu machen, doch die Uhr auf meinem Schreibtisch zeigte eine Stunde vor Mitternacht an. Vermutlich war sie längst unterwegs …

Margarete war auch noch nicht nach Hause gekommen. Kein Wunder, sie hatte Ingo sicher viel zu erzählen. Ich beneidete sie um ihre gemeinsame Zeit. Ich drehte mich auf die Seite, schloss die Augen. Plötzlich tauchten überall Raben auf. Sie flogen über den Hof, massenhaft, sie krächzten und schrien, segelten über den Baumkronen und zogen weiter Richtung Horizont. Ich konnte ihnen in die Augen blicken. Weisheit und Klugheit lagen darin, aber auch ein gewisser Schalk, und in einigen der Raben sah ich kalte Unbarmherzigkeit, die meinen Körper beben ließ. Ich riss die Augen auf, weil ich die Raben verscheuchen wollte. Es gelang mir, aber ich war nun noch aufgewühlter als zuvor. Hatten sich die schwarzen Vögel schon in meinem Gehirn eingenistet? Verfolgten mich die dunklen Gesellen nicht mehr nur am Tag, sondern auch in der Nacht? Ich schaltete meine Nachttischlampe an und war froh, als das Licht mein Zimmer erhellte. Zum Glück saß kein einziger Rabe in meinem Zimmer. Natürlich hatte ich das auch nicht erwartet, und insgeheim musste ich über meinen Verfolgungswahn grinsen. Dennoch spielte ich mit dem Gedanken, die Lampe brennen zu lassen, aber ich war schließlich kein kleines Kind mehr. Film wollte ich keinen schauen, deshalb nahm ich einen Roman zur Hand, um auf andere Gedanken zu kommen. Erfreulicherweise funktionierte es. Ich las eine Stunde in dem Buch, legte es auf mein Nachtkästchen und fühlte mich deutlich ruhiger. Bevor ich das Licht ausmachte, schlich ich noch einmal in Margaretes Zimmer, um mich zu vergewissern, dass sie noch fort war. Anschließend schaltete ich meine Nachttischlampe aus, verkroch mich tief unter meiner Decke und hoffte, endlich Schlaf zu finden. Ich gähnte und riss dabei wie ein Flusspferd meinen Mund auf, aber als ich die Augen schloss, ließ der Schlaf auf sich warten. Ich sah zwar keine Raben mehr, dafür hatte ich Sarahs Gesicht die ganze Zeit vor mir. Wieder fragte ich mich, was sie wohl gerade tat. Und spekulierte, ob sie morgen noch zu mir kommen würde, um sich zu verabschieden. Ich glaubte Sarah, dass meine Schwester nicht mit ihr gehen würde. Für Margarete wäre es aber gewiss eine Katastrophe, wenn Sarah sang- und klanglos verschwand. Morgen würde ich mehr wissen. Eine gute Stunde wälzte ich mich unruhig von einer Seite auf die andere, bis ich endlich Schlaf fand.

Das Mondlicht strahlte auf die Lichtung mit den Buschwindröschen. Es tauchte die wabernden Nebelschwaden in silbernes Licht. Amatus und Ansgard kreisten in weiten Runden am Nachthimmel. Margarete und Sarah standen in der Mitte. Ich freute mich, sie zu sehen. Aber wieso hielt sich Sarah dort mit Margarete auf und nicht mit Ingo? Wieso hatte mich meine Schwester, ohne mit der Wimper zu zucken, angelogen?

Ich wollte auf sie zulaufen, um sie zur Rede zu stellen, aber ich konnte nicht zu ihr. Sobald ich loslief, krachte ich gegen eine unsichtbare Wand, die mich zurückschleuderte. Als ich es nochmal versuchte, krachte ich wieder gegen das harte Hindernis. Vergeblich trommelte ich mit den Fäusten dagegen, versuchte, die Wand mit den Füßen einzutreten, scheiterte damit kläglich und nahm zu guter Letzt einen Stock zur Hand, mit dem ich auf die unsichtbare Mauer eindrosch. Doch auch dieser Versuch misslang, und so musste ich schmerzlich akzeptieren, dass diese Wand für mich unüberwindbar blieb. Verdrossen blieb ich auf meiner Seite stehen und blickte mutlos auf die andere Seite zu Margarete und Sarah. Ich winkte den beiden Mädchen zu, doch sie reagierten nicht darauf, obwohl sie in meine Richtung blickten. Konnten sie mich nicht sehen? Warum sah aber ich sie?

Mir wurde in diesem Augenblick schmerzlich bewusst, dass ich nicht mehr als ein Zuschauer, ein Statist war, der keinen Einfluss auf das Geschehen auf der anderen Seite der Wand nehmen konnte. So sehr ich es mir auch wünschte.

Margarete wirkte abwesend, in sich gekehrt, sie stand reglos mit verklärtem Blick da. Sarah beobachtete Margarete mit einem liebevollen Lächeln. Die Kreise der Raben wurden kleiner, sie flogen nun drei Meter über den beiden Mädchen umher. *Krah*, krächzten die beiden Vögel heiser. Merkwürdigerweise konnte ich sie durch die unsichtbare Wand hören. Als Sarah die Hand hob, um ihnen Einhalt zu gebieten, verstummten sie, stiegen wieder höher in die Luft und zogen größere Bahnen am Nachthimmel. Margarete machte ein paar Schritte auf mich zu. Durch die Bewegung wurde ihr Blick klarer, aber auch trübsinniger. Hoffnungsvoll riss ich meine Arme in die Höhe, doch meine Schwester hatte mich nicht wahrgenommen. Sie bückte sich, blickte sich am Boden um, riss eine besonders prächtige weiße Blume aus und richtete sich kerzengerade auf. Dankbar betrachtete sie die Pflanze in ihrer Hand, schloss die Augen, führte die Blüte an ihre Nase und sog deren Duft ein. Ergriffen lächelte sie, strahlte. Sarah befand sich noch auf ihrem Platz, ließ Margarete aber nicht aus den Augen. Die Raben schrien am Himmel. Lauter, fordernder und klagender waren ihre Rufe.

Untertänig hob Sarah den Kopf und musterte wie versteinert die über ihr kreisenden dunklen Gesellen. Sekundenlang verharrte sie so, bis sie den Kopf wieder senkte und sich Margarete zuwandte.

„Es ist Zeit", sagte sie sanft, aber bestimmt. Gefasst nickte Margarete und steckte sich das Buschwindröschen hinter ihr rechtes Ohr. Gemächlich schritt Sarah auf Margarete zu, strahlte sie an und strecke ihr die Hand entgegen. Nebelschwaden schmiegten sich an ihre Beine. Margarete erwiderte das Lächeln unsicher, zögerte einen Augenblick, blickte sich hilfesuchend auf der Lichtung um und zu mir, aber ich hatte die Hoffnung aufgegeben und winkte nicht mehr. Am Ende erkannte Margarete, dass es keinen Fluchtweg gab, fügte sich und ergriff Sarahs Hand. Als sich ihre Hände verschränkten, wandelte sich Margaretes angespannter Gesichtsausdruck. Auf einmal lächelte sie glücklich ihre Freundin an, die das Lächeln erwiderte. Margarete und Sarah setzten sich in Bewegung. Um die Silhouetten der beiden bildete sich von einem Augenblick auf den anderen ein eigentümlich silberner Schimmer. Mit kerzengeraden Rücken wie anmutige Tänzerinnen schritten sie auf eine Nebelwand zu, die – je näher die beiden kamen – heller und größer zu werden begann und schon bald über den Wald hinauswuchs. Hoch oben kreisten die Raben wie stumme Begleiter. Bevor Margarete und Sarah Hand in Hand die Nebelwand erreichten, strahlte diese so hell und weiß, dass ich mich fast abwenden musste, weil ich Angst hatte zu erblinden. Unaufhaltsam bewegten sich die beiden Freundinnen auf den leuchtenden Nebel zu. Ich hielt mir schützend die Hand vors Gesicht.

„Nein! Nein, Margarete, bleib hier!", schrie ich flehend und hämmerte mit meinen Fäusten gegen die Wand. Doch meine Schwester hörte mich nicht, ging ihren Weg mit Sarah gemeinsam. Ich sah, wie der weiße Lichtschein Margarete und Sarah erfasste, meine Schwester Sarah anlächelte, die liebevoll nickte, um den nächsten Schritt zu machen. Im nächsten Moment traten Margarete und Sarah Hand in Hand in das Weiß, dessen strahlende Schwaden sie liebevoll umschlangen und mit sich trugen.

„Nein! Margarete!", schrie ich ein letztes Mal, warf mich mit dem Mut der Verzweiflung mit aller Kraft gegen die unsichtbare Wand, die mich aber wieder zurückkatapultierte. Das strahlende Weiß wurde so hell, dass ich aufwachte. Ich riss die Augen auf. Kalter Schweiß hatte sich auf meiner Stirn gebildet. Furcht überkam mich, da ich nur noch weiß sah und Angst hatte, erblindet zu sein. Erst nach ein paar Minuten verschwand das grelle Licht, und ich sah wieder die Dunkelheit in meinem Zimmer. Erleichtert stellte ich fest, dass ich mich zu Hause und nicht auf der Lichtung befand. Dennoch raste mein Herz und mein Körper bebte. Erschöpft richtete ich mich auf und saß völlig überwältigt in meinem Bett. Was war das für ein absonderlicher Traum gewesen? Noch benommen schüttelte ich den Kopf, konnte den Traum noch immer nicht fassen. Margarete, schoss es mir in den Kopf. Margarete!

Jede Müdigkeit war nach diesem Traum aus meinem Körper gejagt. Dafür ergriff ein beunruhigendes Gefühl von meinen Zellen Besitz. Völlig durcheinander zog ich mich an.

Zuerst schlich ich in Margaretes Zimmer, aber ihr Bett war leer. Ohne Zeit zu verlieren, huschte ich in mein Zimmer zurück, öffnete das Fenster und sprang auf die Wiese. Langsam brach der Morgen an. So schnell ich konnte rannte ich los, weil es für mich nur einen Ort gab, zu dem es mich wie magisch hinzog. Als ich auf dem Pfad durch den Wald hetzte, hörte ich Rabenrufe, die mir bekannt vorkamen. Amatus und Ansgard? Durch das dichte Blätterdach konnte ich noch keine Vögel erkennen. Wenige Minuten später näherte sich mir eine Gestalt im schwarzen Mantel. Euphorisch vor Freude winkte ich ihr. Sarah wusste mit Sicherheit, wo meine Schwester war. Nach ein paar Minuten hatte sie mich erreicht. Unsinnigerweise blieb sie ein paar Meter vor mir mit düsterem Gesichtsausdruck stehen. Wieso umarmte sie mich nicht? Wir waren doch ein Paar!

Sarah trug ihren Seesack auf dem Rücken. Ich wollte auf sie zustürmen, um sie ein letztes Mal zu umarmen, aber sie streckte mir die Handfläche entgegen. Verunsichert hielt ich mitten in der Bewegung inne.

„Wo ist Margarete?", brach es aus mir heraus.

„Auf der Lichtung. Wir haben die Nacht dort verbracht."

„Ist mit ihr alles in Ordnung?", wollte ich wissen und blickte Sarah gebannt an.

„Ja", antwortete Sarah. „Ihr geht es gut."

Obwohl ich etwas ganz anderes spürte, wollte ich es glauben. Auch meinen Traum erwähnte ich nicht. Verlegen standen wir uns gegenüber. Ich mochte ihre grauen Augen. Wieder wollte ich auf Sarah zugehen, doch nun streckte sie mir auch noch die zweite Handfläche entgegen. Wie eine undurchdringbare meterhohe Mauer schirmten ihre Hände Sarah von mir ab. Warum tat sie das?

„Mach es nicht schwieriger für mich, als es ist", bat sie mich traurig. Ich hielt mich vorerst daran, obwohl es mir äußerst schwerfiel. Ich vermisste ihre Berührungen, ihre Küsse. Die Zeit miteinander am Steg. Aus der Ferne hörte ich aufdringliches Gekrächze der beiden Raben.

„Amatus und Ansgard sind schon ungeduldig", stellte ich hilflos lächelnd fest.

„Sie können ruhig warten", sagte Sarah, der es sichtlich schwerfiel, mich hier stehen zu lassen. Es kam mir so vor, als ob sie etwas abwägen würde. Wir sahen uns tief in die Augen. Ich spürte Sarahs Wärme, aber auch ihre Verzweiflung.

„Ich muss jetzt los", sagte sie hoffnungslos. Wie ein Idiot nickte ich, weil mir die Worte fehlten und mir nichts Sinnvolles über die Lippen kam. Sie lächelte.

„Wir sehen uns wieder, Josua."

Wieder nickte ich nur. Niedergedrückt zog sie den Gurt des Seesacks enger, warf mir einen letzten Blick zu und ging in gut zwei Meter Abstand an mir vorbei.

Das war es also.

Aus.

Sarah ging weg, und ich musste sie ziehen lassen.

Am Himmel schrien ungeduldig die Raben. Konnten sie sich nicht einfach verpissen? Als Sarah genau neben mir war, machte ich einen Schritt auf sie zu, packte sie an der Hand und zog sie an mich. Sarah lächelte, sie ließ sich nicht lange bitten. Unsere Lippen trafen sich, wir umarmten uns und küssten uns so leidenschaftlich wie noch nie. Ich hatte Angst zu ersticken. Als wir uns voneinander lösten, sah sie mich mit einem herzzerreißenden Blick an.

„Bitte bleib!", konnte ich nur hauchen und drückte sie wieder an mich. Sarah schüttelte den Kopf, fasste mir unters Kinn, blickte mir bis auf den Grund meines Herzens in die Augen und gab mir sanft einen letzten Kuss auf die Lippen. Dann löste sie sich abrupt aus meiner Umarmung, lächelte mich noch einmal zärtlich an, zuckte bedauernd die Achseln und stapfte davon.

„Bis bald, Sarah", murmelte ich, und vermied es, dem Mädchen in dem schwarzen Mantel nachzublicken. Ich hätte es nicht ertragen, sie weggehen zu sehen. Meine Augen wurden feucht. Trotzig wischte ich sie mit meinem Arm trocken.

Einmal hörte ich noch die Rufe der Raben, dann war es still im Wald. Hatte Sarah ihren Auftrag erfüllt oder nicht?

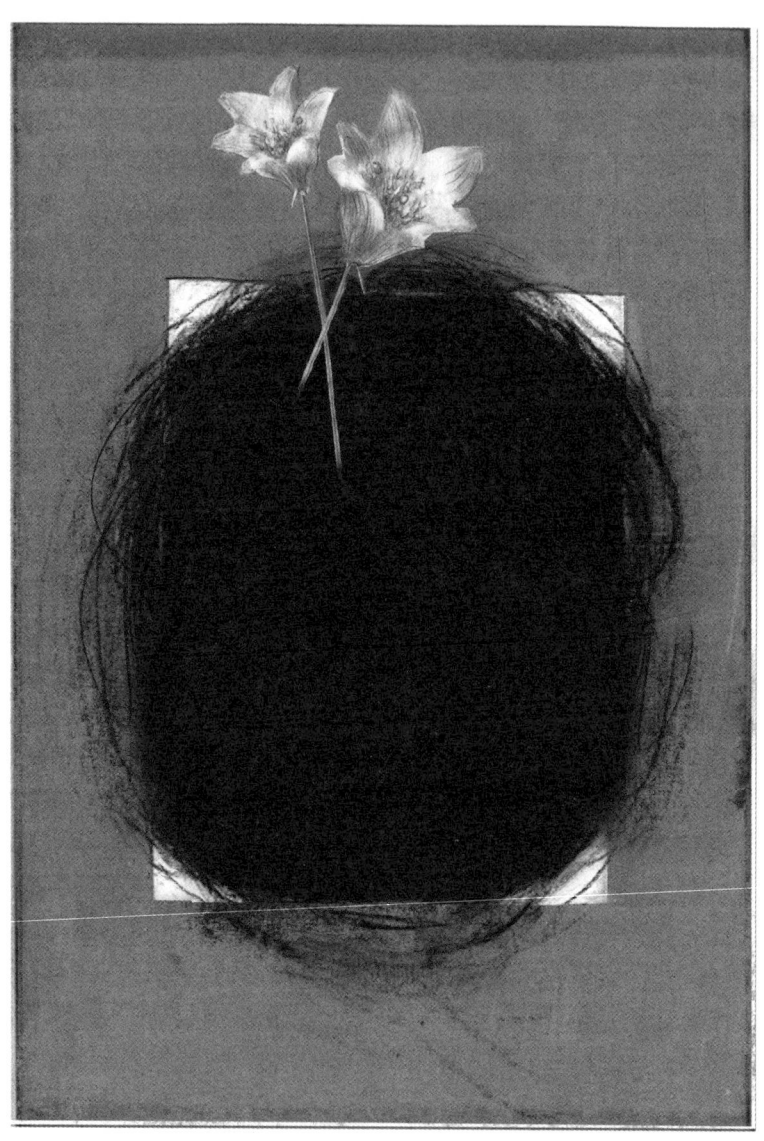

Das Schweigen des Waldes rüttelte meine Unruhe wach. Margarete! Ich musste endlich wissen, ob es ihr wirklich so gut ging, wie mir Sarah versichert hatte. Ich lief los, rannte, als ob ich auf der Flucht wäre, sprang über bucklige Wurzeln, schob in den Weg ragende Äste zur Seite und spähte, ob ich irgendwo eine Bewegung ausmachen konnte. Nur mehr hundert Meter war ich von der Lichtung entfernt. Ich biss mir auf die Lippen und legte noch einen Zahn zu. Durch die Baumstämme konnte ich bereits auf die Wiese blicken. Fieberhaft versuchte ich, meine Schwester irgendwo auszumachen. Da es mir nicht gelang, rannte ich weiter, bis ich endlich den Lichtungsrand erreichte. Der Nebel aus meinem Traum hatte sich, so wie Sarah, längst davongestohlen. Es war ebenso still wie noch vor ein paar Minuten. Die Strahlen der Morgensonne legten sich golden über die Wiese. Beeindruckt hielt ich den Atem an, ließ meinen Blick auf der Suche nach Margarete über die Lichtung streichen. Sogar die Buschwindröschen leuchteten golden, obwohl ihre Blütenblätter weiß waren. Ich entdeckte meine Schwester nicht sofort in diesem goldenen See. Vielleicht weil ich angenommen hatte, sie würde stehen. Doch Margarete lag in der Mitte der Lichtung auf dem Rücken. Wie meist hatte sie die Arme und Beine von sich gestreckt. Es sah so aus, als treibe sie auf dem goldenen See.

„Margarete!", schrie ich laut, bevor ich den ersten Schritt auf die Wiese machte, doch sie antwortete nicht, hob nicht einmal den Kopf oder wandte sich mir zu. Mit schnellen Schritten lief ich auf sie zu.

„Margarete!", brüllte ich ein weiteres Mal, lauter und fordernder, obwohl meine Stimme zitterte. Schlief sie? Ich trat zögernd näher. Einige Meter vor meiner Schwester blieb ich stehen.

„Margarete!", sagte ich leise. Allein – ich wusste, dass sie mir nie wieder antworten würde. Sie war ganz in goldenes Licht getaucht. Friedlich, mit einem milden Lächeln auf den Lippen, lag sie mit offenen Augen vor mir da. Ich begriff nicht, wollte nicht wahrhaben, was war und endgültig sein würde. Wie lange ich vor ihr stand und sie betrachtete, kann ich heute nicht mehr genau sagen. Fünf, vielleicht zehn Minuten, bis meine Beine weich wurden und ich kraftlos in die Knie sank. Ich setzte mich neben sie. Ihre Augen starrten nach wie vor in den Himmel. Ihr Brustkorb hob und senkte sich nicht. Sie hatte ihren letzten Atem ausgehaucht. Tränen liefen mir über die Wangen. Ich wischte sie nicht weg. Noch mehr Tränen folgten. Ich konnte noch immer nicht fassen, was offensichtlich war. Weigerte mich, belog mich, bis ich meine Lüge nicht mehr ertragen konnte. Still saß ich eine gute Stunde da und betrachtete Margarete verständnislos. Zärtlich strich ich ihr über die kalten Wangen, schloss ihr die Augen, schluchzte, schimpfte mit ihr, was sie sich einbildete, mich einfach wortlos zurückzulassen. Weinkrämpfe suchten mich heim. Als sie vorbei waren, begann ich, ihr befreites Lächeln auf ihren Lippen zu hassen. Ich wandte mich ab, fühlte mich leer, nichts spielte für mich noch eine Rolle. Ich fror, mein Körper bebte, und doch wollte ich mich nicht erheben, sondern an Margaretes Seite bleiben. Warum nur? Warum sie? Und warum so früh? Fragen, die sinnlos waren und, verdammt nochmal, gar nichts änderten.

Das goldene Licht löste sich von der Lichtung. Margaretes Gesicht wurde grau und fahl. Die Buschwindröschen um sie waren verblüht. Angestrengt blickte ich mich um und stellte verwirrt fest, dass alle Buschwindröschen auf der Lichtung verdorrt waren. Sie waren Margarete ins Licht gefolgt.

Die folgenden Stunden erlebte ich wie durch einen dichten Schleier. Ich verständigte den Notarzt und alarmierte meinen Großvater und meine Eltern. Wie teilnahmslos stand ich auf der Lichtung, als der Notarzt kam. Er sah sofort, dass es keinen Sinn hatte zu versuchen, sie wiederzubeleben. Kurz danach trafen mein Großvater und eine Viertelstunde danach meine Mutter ein. Ich sehe noch heute ihre Bestürzung vor mir. Ihr Schluchzen, ihre versteinerten Mienen, ihre Umarmungen, Schreie und den überrumpelten Gesichtsausdruck, als der Notarzt uns mitteilte, dass Margarete nicht mehr zu retten war. Es war ein Moment, in dem die Welt stillstand. Mir kam es minutenlang vor, wahrscheinlich war es nur ein Augenblick. Alles war ruhig, kein Laut drang zu mir, als ich das Unfassbare ausgesprochen hörte. Wie abgetrennt von der Welt, auf mich selbst zurückgeworfen, kam ich mir vor. Das Weinen meiner Mutter ertrug ich kaum. Mein Vater hielt sie im Arm, sie kamen auf mich zu, umarmten mich, um mich zu trösten. Als ob das in diesem Augenblick jemals möglich gewesen wäre. Mein Großvater stand stumm etwas abseits. Er warf einen Blick auf Margarete, die nun auf eine Decke gebettet dalag. Nicht mehr in dieser Welt. Ich sah, wie mein Großvater strauchelte. Ich befürchtete, dass er hinfiel, aber er fing sich wieder und blieb mit versteinertem Gesichtsausdruck stehen. Meine Mutter strich mir über den Kopf, drückte mich, ich spürte ihren Körper beben. Mein Vater hatte sich aus der Umarmung gelöst. Er ging ein paar Schritte, schüttelte den Kopf, wimmerte. Als er bei meiner Schwester war, fiel er auf die Knie, berührte sie wie einen wertvollen Gegenstand, weinte, schrie, fluchte, richtete sich auf, reckte die Fäuste gen Himmel. Er stellte lautstark die Frage nach dem Sinn vom Tod seiner Tochter. Er erhielt keine Antwort.

Ohnmächtig standen wir auf der Lichtung, jeder erschöpft, ausgeronnen und noch immer nicht begreifend, dass Margarete nicht mehr nach Hause kommen würde.

Meine Mutter kniete sich schweigend ins Gras zu Margarete. Minutenlang streichelte sie ihre Hand, liebkoste ihre Wange, richtete ihr die Bluse und den Rock und hauchte ihr einen letzten Kuss auf die Stirn. Dann wandte sie sich ab, stand auf und ging über die Wiese nach Hause.

Bestatter betteten meine Schwester in einen grauen Sack mit Griffen und zogen den Reißverschluss zu. So wie man ein Kleid in einen Kleidersack packt und den Verschluss zuzieht, um sie vor Falten, Staub und anderen Widrigkeiten zu schützen. Von zwei Bestattern wurde meine tote Schwester über die Lichtung zum Leichenwagen transportiert und dort samt der Tasche in einen grauen Sarg gehievt. Wenige Minuten später fuhr der schwarze Leichenwagen wie ein Fremdkörper durch den grünen Wald. Mir kam er wie ein Dieb vor, der sich mit meiner Schwester davonstahl.

Die Obduktion ergab, dass Margarete an einem Blutgerinnsel im Gehirn verstorben war. Wann und warum sich das Blut an einer Stelle in den weit verzweigten Blutbahnen gestaut und sich dann abgelöst und die Bahnen verstopft hatte, konnte nicht mehr festgestellt werden ... Die Todesursache änderte aber nichts an unserem unfassbaren Schmerz. So still wie zu dieser Zeit hatte ich unser Haus noch nie erlebt. Meine Schwester hätte ihre größte Freude daran gehabt und diese Ruhe genossen. Für mich wurde sie erdrückend, ebenso wie die Sprachlosigkeit, die sich zwischen meinen Eltern, meinem Großvater und mir eingenistet hatte. Manchmal abgelöst von spontanen Weinkrämpfen und wiederkehrenden Fragen nach dem Sinn und dem Grund ...
Ich verkroch mich in meinem Zimmer, war nicht in der Lage, zur Schule zu gehen, reagierte auf keine Anrufe oder Chats, zog den Vorhang zu, hörte laute Musik und puppte mich in mir ein. Dann und wann strich ich durch den Wald, suchte Orte auf, an denen ich früher mit Margarete gewesen war. Das tröstete mich ein wenig, meist brach ich dann dort in Tränen aus. Es war befreiend. Die grünen Baumriesen linderten mit dem Rascheln ihrer Blätter meinen Schmerz.

Nach dem Begräbnis luden meine Eltern alle Trauernden zu uns auf die Wiese ein. Es kamen Menschen aus dem Dorf, die ich nicht kannte. Glücklicherweise spielte das Wetter mit und die Sonne lachte vom Himmel. Auf der Wiese stand eine lange Tafel mit Fotos von Margarete sowie Speisen und Getränken. An die Hausmauer hatten wir zur Erinnerung Fotos von Margarete geklebt. Wer wollte, konnte eine Anekdote von Margarete erzählen. Viele taten das auch. Meine Mutter und mein Vater hörten nur zu, ihnen war nicht danach, selbst eine zu erzählen. Mein Großvater gab einige lustige Geschichten zum Besten. Ich hielt es wie meine Eltern und lauschte lieber den anderen. Einige Begebenheiten kannte ich, andere waren mir fremd, und ich war dankerfüllt, sie gehört zu haben.

Wir haben viel geweint, gelacht und meine Schwester um uns gespürt. Natürlich wäre ich in manchen Momenten am liebsten vor Schmerz laut schreiend in den Wald gelaufen, weil ich gewisse Geschichten kaum ertrug und mir schmerzlich bewusst wurde, dass es keine gemeinsamen Erlebnisse mit Margarete mehr für mich geben würde. Immer wieder bebte mein Körper, Weinkrämpfe kamen und gingen, tröstende Hände bedeckten meinen Körper mit Wärme und spontane Umarmungen wirkten erlösend. Am Abend, als die Nacht uns einhüllte, zündete jeder Gast eine Kerze für Margarete an und stellte sie auf die Wiese. Ein Lichtermeer in der Dunkelheit. Meine Eltern, mein Großvater und ich blieben im Freien sitzen, bis auch die letzte Kerze erloschen war.

Die Beisetzung und das Abschiedsfest waren für mich ein Abschluss mit vielen Löchern. Mein Großvater arbeitete am nächsten Tag wieder in der Werkstatt. Die neuen Handschuhe hat er nie mehr benutzt, stattdessen lagen sie auf einem Kästchen wie ein wertvoller Schatz. Mein Vater spielte oft mit dem Stein, wenn er im Wohnzimmer saß, und blickte ihn mit feuchten Augen an, wenn er ihn in der Hand hielt und seine glatte Oberfläche berührte. Der Papierengel hing von der Decke im Arbeitszimmer meiner Mutter. Immer wenn ich es betrat, bewegte er sich sanft und rief ein Lächeln bei mir hervor.

Ich stattete Ingo einen Besuch ab, der von Trauer zerrissen schien. Er schwärmte von Margarete, stockte immer wieder, wenn er von ihr sprach, kämpfte mit den Tränen.

Erst sechs Wochen später ging ich wieder zur Schule. Die Lehrer packten mich in Watte, umso dankbarer war ich, dass mich meine Freunde wie früher behandelten und mit mir stritten …

Das schwarze Buch mit den silbernen Blumen lag in meinem Nachtkästchen. Ich hatte es noch nicht geöffnet, geschweige denn dort etwas eingetragen.

Von Sarah hörte ich kein Wort. Ich dachte oft an sie, daran, dass sie mich über Margaretes Zustand angelogen hatte. Überdies machte ich mir über den Traum mit Sarah und Margarete auf der Wiese Gedanken. Und fragte mich, weshalb Sarah ins Dorf gekommen war.

Aber eine Frage beschäftigte mich am meisten: War Sarah wirklich an Margaretes Seite, als sie starb?

wieder von dem fremden Mädche
: zu mir auf die   gekomm

Margaretes Zimmer wurde in den ersten Monaten nicht verändert. Die Tür blieb die ersten Tage verschlossen. Erst nach dem Begräbnis betraten meine Mutter und ich das Zimmer. Wenn meine Mutter in Margaretes Zimmer ging, hörte ich sie öfter schluchzen. An manchen Tagen blieb sie auch eine Stunde darin sitzen, und ich konnte keinen Laut von ihr hören. Mein Vater und mein Großvater mieden das Zimmer. Meist blieben sie vor der Tür stehen, spielten offenbar mit dem Gedanken hineinzugehen, doch dann drehten sie sich um und gingen wieder weg. Erst ein halbes Jahr später hat mein Vater es betreten. Mein Großvater, soweit ich weiß, kein einziges Mal.

Ich ging in Margaretes Zimmer, wenn ich allein zu Hause war. Anfangs setzte ich mich auf ihr Bett, lauschte, betrachtete ihre Buntstifte auf dem Schreibtisch, die Baumplakate an der Wand und ihre Schuhe, die noch auf dem Boden herumstanden. Meine Mutter hatte sie ebenso wenig wegräumen können wie alle anderen Gegenstände in Margaretes Zimmer. Meine Schwester hätte sofort wieder in ihr Zimmer ziehen können …

Noch immer hatte ich Margaretes letztes Tagebuch nicht gefunden. Sie trug es nicht bei sich auf der Lichtung, als sie in die andere Welt ging. Zumindest haben wir es nicht bei ihr gefunden. Wo war es hingekommen? Oder hatte es jemand anderes mitgenommen?

Jedes Mal wenn ich in Margaretes Zimmer ging, nahm ich mir ein altes Tagebuch von ihr zur Hand, legte mich auf ihr Bett und las darin. In diesen Momenten war sie mir ganz nah, fast lebendig, ich genoss es, mit ihr in ihre Vergangenheit einzutauchen. Es tat mir gut, ihre Worte zu lesen, denn dann konnte ich sie sprechen hören. Bis ich wieder zur Schule ging, hatte ich all ihre Tagebücher durchgelesen. Es waren nicht nur einfache Momente, wenn ich Margaretes Aufzeichnungen las. An manchen Tagen musste ich ihre Notizen weglegen und konnte erst am nächsten Tag weiterlesen, da mich ihre Gedanken zu sehr berührten und ich es dann einfach nicht mehr ertrug, aus ihrem Leben zu lesen.

Nachdem ich all ihre Aufzeichnungen studiert hatte und darin bedauerlicherweise keine Antworten über Margaretes letzte Wochen bekam, verrannte ich mich wie besessen in die Suche des fehlenden Tagebuchs. Ich durchsuchte akribisch wie ein Spurensicherer Margaretes Zimmer. Ich löcherte meine Eltern und meinen Großvater vergeblich mit Fragen danach. Ich suchte in allen Räumen, Schränken, Schubläden und verborgenen Winkeln im Haus nach dem Tagebuch, aber auch dort wurde ich nicht fündig.

Hatte meine Schwester das Tagebuch zerstört? Hatte Sarah das Tagebuch von Margarete mitgenommen? Oder wollte Margarete mir damit ein letztes Rätsel aufgeben?

Dann kam mir plötzlich ein Gedanke. Ich nahm mir Margaretes Handy zur Hand und suchte Sarahs Handynummer. Wieso war ich nicht schon ein paar Wochen vorher darauf gekommen?

Erfreulicherweise fand ich sie und wählte sie mit Margaretes Handy. Es kam aber nur eine Meldung, dass es unter dieser Nummer keinen Anschluss gab. Ich wollte das nicht einfach so hinnehmen, tippte Sarahs Nummer in mein Handy ein und wählte sie. Leider erging es mir so nicht anders. Margarete hatte Sarah nicht mit ihrem Nachnamen eingespeichert. Ich suchte nach Chats zwischen den beiden, aber die waren ebenso wie ihre SMS gelöscht worden. Das konnte doch kein Zufall sein. Hatte Margarete das getan? Wenn ja, warum?

Ich konnte also nicht herausfinden, wie Sarah mit vollständigem Namen hieß und auch nicht im Netz nach ihr suchen. Deshalb konnte ich nur auf Sarahs Rückkehr warten. Eine leise Hoffnung hatte ich, da sie mich ja aufgefordert hatte, geduldig zu sein. Vielleicht würde ich auch nie erfahren, was auf der Lichtung mit den Buschwindröschen wirklich passiert war.

Verloren ist der Zustand, der mich in dieser Phase meines Lebens am besten beschreibt. Ich hatte mich in die Einsamkeit zurückgezogen. Stundenlang saß ich auf dem Steg am Teich, starrte aufs Wasser, betrachtete das Auf und Ab der Wellen.

Die Bäume im Wald wurden mir noch bessere Freunde. Ich strich oft den ganzen Nachmittag durch den Forst, durchlebte beim Gehen die letzten Wochen mit Margarete und die Zeit mit Sarah. Ich besuchte das heruntergekommene Haus, hielt mich darin auf, setzte mich auf die Lehne der Bank davor, um danach wieder weiterzuziehen. Die vielen Raben waren nicht mehr wiedergekommen, ebenso wenig waren Sarahs Geschwister aufgetaucht. Insgeheim war ich froh darüber, sie waren mir alles andere als geheuer gewesen.

Wenn ich vom vielen Herumwandern erschöpft war, rastete ich und setzte mich auf einen der Baumstümpfe im Brachland. Die Baumstämme waren weggeschafft worden, aus den Trieben waren kleine Pflänzchen geworden. Manchmal glaubte ich, Sarah auf einem der Baumstümpfe sitzen zu sehen; voller Hoffnung lief ich dann darauf zu, nur um erkennen zu müssen, dass ich mich getäuscht hatte. An anderen Tagen bildete ich mir ein, Margaretes Stimme zu hören, und sah sie an Weggabelungen vor mir mit ihren dunklen Locken frohgemut spazierengehen oder ich sah sie auf der Lichtung mit den verblühten Buschwindröschen auf dem Rücken liegen. Natürlich bildete ich mir das alles nur ein, aber ich wehrte mich nicht dagegen. Im Gegenteil, ich genoss diese Momente der Täuschung jedes Mal, denn mein Herz schlug dann schneller, und es keimte in mir wieder Hoffnung auf, dass das Vergangene nur ein Albtraum gewesen sein könnte.

Nach ein paar Wochen sah ich Margarete und Sarah nicht mehr an den Orten, an denen sie sich gerne aufgehalten hatten. Es schien, als habe die vergehende Zeit die beiden verscheucht. Dennoch strich ich nach wie vor durch den Wald und suchte den Steg auf. Etwa sieben Wochen nach Margaretes Tod blieb ich am Steg wie angewurzelt stehen. Vor mir am anderen Teichufer staksten zwei Raben herum. Bemüht, bloß kein Geräusch zu verursachen, schlich ich weiter den Steg entlang, doch die beiden Raben hatten mich längst entdeckt und linsten wachsam zu mir herüber.

„Amatus!? Ansgard!?", rief ich, um im nächsten Moment zu erkennen, dass es nicht Sarahs Raben waren. Sie hoben die Flügel, trippelten nervös ein paar Schritte und behielten mich im Auge. Obwohl es nicht Amatus und Ansgard waren, verstieg ich mich in die fixe Idee, die beiden Raben am Ufer wären Vorboten, um Sarah anzukündigen.

Fortan ging ich jeden Tag zum Steg, fütterte die Raben mit Nüssen und Äpfeln, doch wenn ich einen Schritt zu viel auf sie zu machte, flatterten sie davon. Und irgendwann kamen sie gar nicht mehr und blieben verschwunden.

Ich erinnere mich noch genau an den Tag, als die Raben seit drei Tagen weg waren und ich zum Steg ging. Als ich näherkam, entdeckte ich ein Paket, das mitten auf dem Steg lag. Wie war es dort hingekommen? Und wie lange lag es schon da?

Nur mein Name stand darauf, weder gab es einen Absender noch einen Poststempel. Für mich kam deshalb nur eine Person in Frage, die mir das kleine Paket dort hinterlassen haben konnte. Ich schnappte mir das Paket und verließ den Teich. So schnell ich konnte lief ich durch den Wald, passierte die astlosen Bäume und erreichte schnaufend das heruntergekommene Haus. Sonderbarerweise war ich nicht glücklich über die Aussicht, Sarah wiederzusehen. Eher war ich angespannt. Suchend schritt ich über die Wiese, aber von Amatus und Ansgard war ebenso wenig zu sehen wie von Sarah.

„Sarah!", rief ich laut. „Sarah!"

Ich ließ meinen Blick durch die Gegend schweifen, öffnete die Tür, aber es gab nirgendwo Anzeichen dafür, dass Sarah zurückgekommen war. Enttäuscht und erleichtert zugleich ließ ich die Lichtung mit dem heruntergekommenen Haus hinter mir und ging nach Hause.

28

Das Paket legte ich auf mein Bett. Ich starrte es gewiss zwanzig Minuten an, ehe ich es öffnete. Wie erwartet war das letzte Tagebuch von Margarete darin. Eine Rabenfeder lag in dem lila Buch. Es konnte also nur von Sarah stammen. Dass Margarete das Tagebuch doch bei Ingo gelassen haben könnte, kam mir nicht in den Sinn.

Ich wagte nicht sofort, das Buch aufzuschlagen. Meine Eltern waren noch nicht da, und mein Großvater spielte im Wirtshaus Karten. Ich beschloss, diesmal nicht in Margaretes Zimmer zu gehen, um es zu lesen. Stattdessen legte ich mich auf mein Bett, klopfte mir das Polster zurecht. Zögernd griff ich nach dem Tagebuch, legte es zunächst auf meine Brust. Ich atmete tief aus, begann darin zu blättern. Ich folgte den Einträgen, stutzte, denn die letzten Aufzeichnungen kannte ich bereits.

Aufgewühlt blätterte ich weiter, war erleichtert, als ich am Buchende neue Einträge entdeckte. Es war eindeutig Margaretes Schrift. Sie hatte diesmal von hinten nach vorne in das Buch geschrieben. Gewiss ein kleiner Scherz für mich; ich grinste, aber meine Hände zitterten, als ich die ersten Zeilen zu lesen begann. Noch dazu wurde ich zum ersten Mal persönlich angesprochen.

Lieber Josua! Mein bester Bruder!

Sie hatte ein paar bunte Herzchen daneben gemalt. Wie immer hatte sie die Wörter in unterschiedlichen Farben geschrieben. Ich atmete laut aus, um mich zu fangen. Für einen Moment legte ich das Tagebuch wieder weg, begann dann aber doch zu lesen.

Ich weiß seit geraumer Zeit, dass du in meinem Tagebuch liest. Es ist natürlich nicht besonders ehrenwert, aber ich kenne deine Neugier. Für mich spielt es jetzt keine Rolle mehr, deshalb verzeihe ich dir.

Nun schämte ich mich.

Vorweg, liebster Bruder, es tut mir leid, dass ich dich am letzten Abend meines Lebens angelogen habe. Verzeih mir, aber ich konnte und wollte dir einfach nicht die Wahrheit sagen. Du hättest es verhindern wollen, du wärst nervig gewesen und möglicherweise hättest du den Lauf der Welt ändern wollen, auch wenn das unmöglich ist. Deshalb haben Sarah und ich beschlossen, zu schweigen und dir nur das Nötigste zu erzählen.

Wieder legte ich das Buch weg, um die Worte auf mich wirken zu lassen. Obwohl Sarah nicht da war, fühlte ich mich verletzt, da auch sie mich, genau wie Margarete, belogen hatte. Mit einem mulmigen Gefühl hob ich das Buch wieder auf und las weiter.

Wie du sicher ahnst und oft genug gehört hast, Josua, war Sarah nicht zufällig in unserem Dorf. Von Anfang an hatte sie den Auftrag, mich zu holen, da meine Zeit leider abgelaufen war. Ich habe ihr Geheimnis gespürt, obwohl ich es nicht benennen konnte. Kein Wunder, da es einfach unglaublich klingt.

Wieso sollte Sarah meine Schwester holen? Und wohin? Ich konnte das Ungeheuerliche einfach noch nicht sehen und schon gar nicht glauben.

Ich möchte gar nicht lange um den heißen Brei herumreden, Josua. Sarah ist die Tochter des Todes. Ja, Josua, du hast richtig gehört. Wie sie dir erzählt hat, hat sie viele Geschwister, die mit ihren Raben durch die Welt wandern, um Menschen auf ihrem letzten Weg zu begleiten. So wollen sie ihnen die Angst vor dem Tod nehmen. Die Raben führen sie zu den Menschen, für die die Zeit gekommen ist. So hat es mir Sarah erklärt.

Ungläubig starrte ich an die Decke. Sarah die Tochter des Todes? Schwachsinn. Nichts als dummes Geschwätz. Erlaubte sich meine Schwester einen Scherz mit mir? Aber wieso sollte sie? Was würde es ihr bringen?

Als ich so dalag, fielen mir auf einmal Einzelheiten ein. Die Raben hatten Sarah vor dem Autounfall von mir weggeführt. Nun ergab alles einen Sinn. Und als ich sie vom Zug aus am Feld stehend gesehen hatte, erinnerte ich mich noch an den Krankenwagen mit Blaulicht im Hintergrund. Einen Tag später erfuhr ich, dass dort ein Spaziergänger einem Herzinfarkt erlegen war. Ganz zu schweigen von der Besitzerin des heruntergekommenen Hauses. Sarah war vor vier Jahren gekommen, um die Frau ins Licht zu begleiten. Ich schüttelte fassungslos den Kopf. Konnte sich dies wirklich alles so zugetragen haben?

Wenn ich jemandem davon erzählen würde, würden sie mich für verrückt erklären. Es klang einfach zu fantastisch.

Sarah und ihre Geschwister haben also eine große Bürde zu tragen. Ihr Vater hat so entschieden, und mit ihm ist wahrlich nicht zu spaßen. Bisher hat Sarah seine Aufträge ohne Widerspruch ausgeführt. Diesmal kam Sarah aber etwas dazwischen. Etwas Wunderbares, das sie bis dahin noch nicht gekannt hatte. Und du bist schuld, mein liebster Bruder. Du alleine. Sie hat dich getroffen und sich in dich verliebt!

Ich rang nach Luft, schüttelte ungläubig den Kopf. Gleichzeitig fühlte ich mich geschmeichelt. Meine Gefühle für Sarah waren nach wie vor sehr stark.

Sie hat meinen Aushang im Supermarkt gesehen und genau gewusst, wie es mir ging. Als sie dann entdeckte, dass ich deine Schwester bin, war für sie klar, dass sie dem Befehl ihres Vaters nicht folgen wird. Er war wütend, schickte ihr die vielen Raben, um sie einzuschüchtern. Und da dies nichts nützte, sandte er ihre Schwester und ihren Bruder aus. Sie überbrachten Sarah eine unmissverständliche Nachricht ihres Vaters. Er drohte, nicht nur mich, sondern auch dich mit in die andere Welt zu nehmen. Sarah wusste, dass ihr Vater keine leeren Drohungen aussprach. Um dich zu retten, musste sie ihren Auftrag erfüllen und konnte ihn nicht länger aufschieben.

Sarah hat mir das Leben gerettet und Margarete geopfert! Ich war außer mir. Aber hatte Sarah überhaupt eine Wahl gehabt? Margarete war doch so oder so verloren gewesen.

Endlich verstand ich, warum Sarah ein Wiedersehen mit mir vermeiden und es so lange wie möglich hinauszögern wollte. Unser nächstes Wiedersehen würde meinen Tod bedeuten. Mich fröstelte auf einmal, und meine Hände zitterten. Ich sprang aus dem Bett, warf das Tagebuch, als wäre es brennend heiß, auf mein Bett. Wollte ich überhaupt noch mehr wissen?

Ich trat ans Fenster, blickte hinaus, überlegte, ob ich weiterlesen sollte oder nicht. Aber ich wollte noch mehr erfahren.

Sarah hat mich vor meinem bevorstehenden Tod gewarnt. Sie wollte mir Zeit geben, um mich von den Menschen, die ich liebe, zu verabschieden. Meine Welt ist auf einmal in sich zusammengestürzt. Ich wollte, konnte es nicht glauben. Sarah war für mich eine Wichtigtuerin, die mit mir spielte. Wieder einmal eine falsche Freundin, die sich über mich lustig machte. Ich hatte es so satt. Deshalb haben wir miteinander auf der Lichtung gerauft. Doch dann erzählte sie mir mehr über sich und zeigte mir Dinge, die mich überzeugten und jeden Zweifel verscheuchten.

Welche Dinge? Was hatte Sarah ihr gezeigt? Wieso erwähnte Margarete sie nicht im Detail? Durfte ich es nicht wissen?

In den ersten Stunden war ich zu Tode betrübt. Ich sollte alles zurücklassen: Mama, Papa, dich und Großvater. Ingo. Sarah. Wie sollte ich das nur ertragen? Und meine Angst vor dem Tod wurde zum Riesen. Schwarz war er, und grau und rot. Ich wollte nicht sterben. Ich wollte nicht …

Ich war nicht mehr fähig, in mein Tagebuch zu schreiben. Alles in mir sträubte sich dagegen. Erst nach und nach freundete ich mich mit dem Gedanken zu gehen an. Es fiel mir nicht leicht. Ich lebte gerne. Ich genoss es. Ich liebte euch. Ich …

Entsetzt betrachtete ich das Papier. Es war ein wenig wellig, als seien Tränen auf diese Stellen getropft.

Sarah sprach in dieser Zeit viel mit mir. Sie war mir eine große Stütze. Eine echte Freundin, auch wenn sie mir keine andere Wahl lassen konnte. Ich bin ihr nicht böse. Ich hadere nicht wegen ihr. Sie musste es tun. Ich stellte Fragen, die sie geduldig beantwortete. Mit der Zeit schrumpfte der Riese. Ich feierte auf meine Art den Abschied von euch. Von dieser Welt. In der anderen Welt, da würden wir uns wiedersehen, versprach mir Sarah. So nahm sie mir die Angst und den Schmerz und gab mir Trost. Und sie gab mir ihr Ehrenwort, mich hinüberzuleiten.

War mein Traum also tatsächlich die Wirklichkeit gewesen? Hatte sich Margaretes Tod wirklich so abgespielt? Konnte das sein?

Ich musste das Buch weglegen, brach in Tränen aus, schluchzte. Noch einmal sah ich die beiden vor mir, wie sie auf die Nebelwand zugingen und im Licht verschwanden.

Länger hielt ich es nicht in meinem Zimmer aus. Ich versteckte das Tagebuch in meinem Nachtkästchen. Als wäre mir der Teufel auf den Fersen, eilte ich davon, verließ das Haus, rannte über die Lichtung in den Wald. Rastlos hetzte ich weiter und erst am Teich hielt ich inne, atmete lange aus. Langsam beruhigte ich mich. Aber ich konnte noch immer nicht annehmen, was Margarete Ungeheuerliches in ihrem Tagebuch behauptet hatte.

In der Nacht fand ich keine Ruhe. Zu sehr beschäftigten mich Margaretes Aufzeichnungen, gleichzeitig hatte ich nicht die Kraft, noch eine Seite daraus zu lesen. Ich hielt die Rabenfeder in der Hand, strich mir damit über die Wange. Stammte die Feder von Amatus oder Ansgard? Oder einem anderen Raben?

War mein Traum die Wahrheit, waren Margaretes Aufzeichnungen wahr? Sollte Sarah tatsächlich die Tochter des Todes sein?

Ich sehnte mich nach ihr und wünschte mir, dass sie noch heute vor meiner Tür stünde. Dann könnte ich Margarete in die andere Welt nachfolgen. Wieso sollte ich an Sarahs Worten zweifeln, die von einem Wiedersehen sprach? Andererseits wollte ich das meinen Eltern nicht antun, denn sie würden daran zerbrechen. Schnell fächelte ich mit der Rabenfeder vor meinem Gesicht hin und her, um meine schwarzen Gedanken zu vertreiben.

Dann sprang ich aus dem Bett, wedelte weiter mit der Feder. Ich kam mir wie ein Schamane vor, der einen Ort von bösen Geistern und unheilbringenden Energien reinigte. In diesem Fall war es mein Zimmer. Ich öffnete das Fenster, jagte meine dunklen Gedanken aus dem Haus. Danach schloss ich es wieder, legte die Rabenfeder auf mein Nachtkästchen

und holte entschlossen Margaretes Tagebuch aus der Nacht-
kästchenlade.

*Ich hoffe, du behältst mich lange in guter Erinnerung, mein liebster
Bruder. Verzage nicht, weil ich nicht mehr da bin. Trauere um mich,
aber erinnere dich lieber an die schönen Momente, die wir miteinander verbracht haben. Es gibt so viele, von denen ich keinen missen
möchte. Nicht einmal den, als ich vor dir gekotzt habe. Haha!*
  *Wenn du an all diese Momente denkst, bist du bei mir und ich bei
dir.*

Margarete hatte neben den Text einen lachenden Mund
gemalt. Ich musste wieder pausieren. In Gedanken sah ich
Margarete vor mir, wie wir gemeinsam im Kerzenschein auf
der Lichtung vorm Hof gesessen hatten. Ich wischte die Trä-
ne mit dem Unterarm von der Wange.

*Du hast gelesen, was ich in meinem Leben noch alles tun wollte.
Natürlich ist die Liste unvollständig. Ich habe geweint, als ich sie
in das Buch geschrieben habe, da ich wusste, dass mir die Zeit dafür
nicht mehr bleibt. Aber du hast sie. Lebe, mein liebster Bruder! Mit
jeder Pore deines Körpers. Und vergiss die anderen Menschen dabei
nicht. Träume und lebe und lebe und träume. Ich werde dich dabei
begleiten. Auf meine Art.*

Meine Kehle war auf einmal wie zugeschnürt. Ich kam mir
wie gelähmt vor, obwohl mich meine Schwester aufforderte,
jeden Moment auszukosten. Jedoch war ich noch nie so weit
davon entfernt gewesen wie in den letzten Wochen. Welchen

Sinn hatte es, sich ins Leben zu stürzen, wenn es so schnell ausgehaucht sein konnte? Ich spürte, wie mein Körper sich verkrampfte und ich wieder zu schluchzen begann. Würde das denn nie aufhören?

Es kam mir fast so vor, als würde all mein Schmerz, meine Traurigkeit, die sich in mir über die Jahre angesammelt hatten, Margaretes Tod zum Anlass nehmen, um herauszubrechen.

Nach zwanzig Minuten war ich wieder in der Lage weiterzulesen.

Ich weiß, du bist traurig, Josua. Aber trauere nicht zu lange um mich. Und bitte geh beim nächsten Vollmond zur Lichtung. Ja, auf meine Lichtung mit den Buschwindröschen, die wohl ebenso verwelkt sind wie ich. Versprich es mir, liebster Bruder. Und herzlichen Dank für alles, was du für mich getan hast. Und danke einfach dafür, dass du da bist und bist, wie du bist.

Vergiss nicht, Josua. Geh auf die Lichtung mit dem Buschwindröschen. Bei Vollmond!!!

Du bist der beste Bruder, den man sich wünschen kann. Ich wache über dich …

Der nächste Vollmond würde erst in einer Woche kommen. Meine Unruhe wuchs von Tag zu Tag. Meine Eltern spürten, dass mich etwas beschäftigte. Sie sprachen mich darauf an, vermuteten natürlich, dass es etwas mit Margarete zu tun hatte. Ich stieß sie in dieser Zeit vor den Kopf, um sie auf Distanz zu halten. Ich flüchtete an den Teich oder spazierte stundenlang durch den Forst. Aber ich konnte ihnen nicht von Margaretes Tagebucheintrag erzählen. Sie würden ihr und mir nicht glauben. Sie täten alles als lebhafte Fantasie von Sarah ab, da war ich mir sicher. Noch dazu, da ich in manchen Stunden selbst nicht daran glauben konnte und alles als Hirngespinst abtat. Leider fehlten mir außer Margaretes Einträge Beweise. Ich hoffte, diese bei Vollmond auf der Lichtung zu finden, ohne auch nur die leiseste Ahnung zu haben, was mich dort erwartete.

Als der Abend endlich kam, nahm ich eine ausgiebige Dusche, zog meine gute Hose und sogar ein Hemd an. Ich hatte keine Antwort darauf, warum ich so handelte. Es schien mir meiner Schwester gegenüber angemessen. Eine Art von Hochachtung für sie.

Um mich war am Abend alles ruhig und ich fühlte mich fast euphorisch, dass die Nacht des Vollmonds endlich gekommen war. Natürlich war ich angespannt, grübelte, wie der Abend verlaufen würde, ohne die leiseste Ahnung zu haben.

Ich aß mit meinen Eltern und meinem Großvater zu Abend und wartete, bis es dämmerte. Das Essen verlief harmonisch, wir sprachen über Belanglosigkeiten, um diese Harmonie nicht zu gefährden. Nachdem es dunkel geworden war, zog ich mich in mein Zimmer zurück und öffnete das Fenster. In voller Pracht, rund und silbern, lachte mir der Mond am wolkenlosen Himmel entgegen. Umgeben von unendlich vielen glitzernden Sternen. Egal was mich heute erwartete, allein dieser Anblick verzauberte mich. Lautlos stieg ich auf das Fensterbrett und sprang auf die Wiese, die in silbernes Licht getaucht war. Wie gewohnt schob ich das Fenster hinter mir zu und schlenderte über die Wiese. Ich weiß nicht, weshalb ich so hochgestimmt war, aber dieses Wohlgefühl schien sich von meinem Herzen ausgehend auszubreiten. Seit dem Tod von Margarete hatte ich mich nicht mehr so gut gefühlt. Als hätte ich alle Zeit der Welt, ließ ich die Wiese hinter mir und folgte dem Pfad, der zu Margaretes Lichtung führte. Es war angenehm still im Wald, nur meine Schritte konnte ich deutlich hören. Hatte das einzigartige Vollmondlicht, das dem Wald einen silbernen Schimmer versetzte, alle Waldbewohner verwunschen? Oder ließ die ungewohnte nächtliche Helligkeit die Tiere wachsamer als sonst in ihren Verstecken verharren?
Ich zerbrach mir nicht den Kopf deswegen, sondern schritt leichtfüßig weiter. Nach wie vor rätselte ich, weshalb ich mich

so unbeschwert fühlte. War Margarete um mich, wie sie im Tagebuch angedeutet hatte, und wachte über mich …?

Es waren nur mehr hundert Meter bis zur Lichtung. Ich merkte, dass ich zögerte, und blieb auf halber Strecke stehen. Ich lauschte in den Wald. Meine Schwester konnte die Bäume flüstern hören, ich besaß nicht so ein feines Gehör. Vereinzelt hörte ich das Rascheln der Blätter und meinen Atem, mehr aber nicht. Dafür fiel mir das silberne Licht auf. Es musste von Margaretes Lichtung kommen und unterschied sich deutlich von dem Licht, in das der Mond den Wald tauchte. Hatte dort jemand einen Scheinwerfer aufgestellt? Sarah? Aber wieso hatte meine Schwester mich dann eindringlich aufgefordert, bei Vollmond zur Lichtung zu gehen? Neugierig setzte ich mich wieder in Bewegung, wenn auch deutlich behäbiger als zuvor, und spähte auf den Weg vor mir. Stimmen hörte ich keine. Je näher ich kam, desto heller wurde das Licht. Kurz überkam mich die Angst, dass ich in eine Falle gelockt worden war und Sarah auf der Lichtung auf mich wartete, um mich, wie ihr Vater es befohlen hatte, auf die andere Seite zu geleiten.

Ich schüttelte meine Angst wie ein lästiges Insekt ab und schritt weiter. Den Waldrand würde ich in ein paar Minuten erreichen. Das silberne Leuchten wurde heller und kam überraschenderweise nicht vom Himmel, sondern vom Boden. Als ich einen Ahorn am Lichtungsrand erreichte, konnte ich nicht anders, als stehen zu bleiben. Mit offenem Mund starrte ich auf die Wiese, die von blühenden Blumen übersät war. Prächtig reckten sich mir Tausende silberne Blüten entgegen, strahlten und tauchten die Lichtung in ein überirdisches Licht, wie ich es noch nie in meinem Leben gesehen hatte. Mondblumen, war mein erster Gedanke. Sodann betrachtete ich die Form der Blüten und erkannte, dass Margarete sie auf mein Notizbuch gemalt hatte. Die Samen für diese Blumen musste meine Schwester, als ich sie und Sarah beobachtet hatte, auf der Wiese verstreut haben. Es waren Mondblumensamen, von wegen ein Spiel. Überwältigt trat ich auf Margaretes Lichtung, ging ein paar Schritte und konnte in dem hellen Licht meine Füße nicht mehr erkennen. Bewegt sank ich zwischen den Blüten zu Boden. Zuerst blieb ich sitzen, berührte ehrfürchtig diese jenseitigen blühenden Kunstwerke. Weich wie Samt fühlten sich ihre Blüten an und kühl. Sie verströmten einen merkwürdigen blumig bitteren Duft, den ich noch nie in meinem Leben gerochen hatte. Auf einmal spürte ich Margaretes Gegenwart. Ja, sie musste es sein. Ich spürte sie direkt neben mir. Sie saß nur ein paar Meter von mir entfernt. Ich hörte ihre Stimme, ihr Lachen, fühlte mich ihr ganz nah. Ich konnte die Situation mit meinem Verstand nicht fassen, aber mein Herz und meine Sinne nahmen Margarete wahr. Hoffnungsvoll blickte ich mich auf der Lichtung um, aber sehen konnte ich sie nirgendwo. Es spielte für mich aber keine große Rolle. Ich legte mich zwischen die Mondblumen, streckte meine Arme und Beine so, wie Margarete es zu tun gepflegt hatte, von mir und schloss die Augen. Auf einmal schien alles um mich herum zu flirren und zu schwirren. Ich konnte Margarete mit mir sprechen hören. Manche Worte verstand ich, manche konnte ich nur deuten. Das Gesicht meiner Schwester erschien

mir in Gedanken. Einmal klar und nah, dann bruchstück-
haft, verschwommen und wieder ganz fern. Wie Nebelschwaden waberten Bilder, Erlebnisse und die Stimme von Margarete auf mich zu, durchdrangen mich und meinen Körper,
um wieder weiter zu schweben. Und schon kam der nächste
Schwall auf mich zu. Es war einfach nur herrlich. Ich war
glücklich und spürte die bedingungslose Liebe zu meiner
Schwester, so wie ich sie noch nie für einen anderen Menschen empfunden hatte. Doch es war nicht nur die Liebe zu
ihr, die ich in diesem Moment in mir entdeckte, sondern die
allumfassende Liebe zu allen Menschen, Tieren, Pflanzen,
der Welt und zum ganzen Universum. Es musste der Duft
der Blumen sein, der mich in diesen rauschartigen Zustand
versetzte. Was immer es war, es war einfach unbeschreiblich,
und ich verlor mich darin – mit einem strahlenden Lächeln
auf den Lippen.

Epilog

Seitdem suche ich zu jedem Vollmond Margaretes Lichtung mit den Mondblumen auf, um bei meiner Schwester zu sein und dieses Hochgefühl zu spüren. Einmal habe ich meine Eltern mitgenommen, ohne sie vorher einzuweihen. Bedauerlicherweise sahen sie die Mondblumen nicht und hörten auch Margaretes Stimme nicht. Ich schloss daraus, dass Margarete die Blumen nur für mich gepflanzt hatte. Vermutlich um mich aufzurichten. Schade war, dass ich nun mit niemandem darüber reden konnte. Es war wohl auch Sarahs Abschiedsgeschenk an mich. Denn wer sonst sollte die Macht besitzen, derartig zauberhafte Blumen wachsen zu lassen?

Hoffentlich kann ich noch unzählige Male bei Vollmond zu den Mondblumen auf Margaretes Lichtung kommen. Wie oft und wie viele Jahre vergehen werden, wissen nur Sarah und ihre Raben. Eines Tages wird sie auf mich warten und mir ihre Hand reichen, um mich zu Margarete und allen meinen vorangegangen Lieben zu begleiten.

Ich hoffe natürlich, dass noch viele Jahre ins Land ziehen, ehe es so weit sein wird. Es ist tröstlich für mich, dass ich nun keine Angst mehr vor dem Tod empfinde. Vielmehr regt sich eine bescheidene Vorfreude in mir, Sarah, die Tochter des Todes, die Fürstin der Raben, wiederzusehen und sie noch einmal zu küssen.

Danksagung

In den letzten Jahren habe ich von einigen mir sehr nahestehenden Menschen Abschied nehmen müssen. Dieses Buch ist für sie und für alle, die vor uns gegangen sind und noch gehen werden. Irgendwann bin ich an der Reihe, und ich bin wahrlich froh, den Zeitpunkt nicht zu kennen, um mich auf den Weg zu machen …

Ich möchte mich bei meiner Familie, meinen Verwandten und allen Freunden für ihre Fürsorge, ihre Anteilnahme, ihre tröstenden und aufbauenden Worte in solch dunklen Stunden bedanken. Es ist schön und erhebend, solch treue Wegbegleiter an meiner Seite zu wissen und auf euch bauen zu können. Umso mehr schätze und genieße ich an hellen Tagen die gemeinsame Zeit mit euch. Vielen herzlichen Dank!

Damit so ein wunderschönes Buch entsteht, bedarf es vieler Helfer:innen und zupackender Hände:

An erster Stelle möchte ich mich bei meinen Verlegern, Nicola Stuart und Edmund Jacoby, für ihren Glauben an diese Geschichte bedanken. Euer Verlag und euer tolles Team stehen für außergewöhnliche Bücher und hohe Buchqualität! Es ehrt mich sehr, ein Teil davon zu sein. Dankeschön!!!

Mit ihrer Illustrationskunst hat mich Ulrike Möltgen schon bei unserer ersten Zusammenarbeit für *Der Vogelschorsch* überwältigt. Diesmal habe ich das Gefühl, sie hat mir direkt „in die Seele geblickt" und sich selbst übertroffen. Liebe Ulrike! Du gibst dem Buch ein geheimnisvolles Gesicht. Ich danke dir aus ganzem Herzen für deine fabelhaften Bilder und die wertschätzende Zusammenarbeit!!!

Ulrike Möltgen, geboren 1973 in Wuppertal, studierte Kommunikationsdesign bei Wolf Erlbruch. Sie lehrte als Dozentin an der Folkwang Universität der Künste in Essen, ihre Arbeiten wurden vielfach ausgezeichnet und in Ausstellungen gezeigt. Bekannt wurde Ulrike Möltgen insbesondere durch *Der Mondbär*. Zuletzt hat sie bei Jacoby & Stuart die Illustrationen für Hannes Wirlingers Buch *Der Vogelschorsch* und für Jean-Claude Grumbergs vielfach ausgezeichnetes Buch *Das kostbarste aller Güter* angefertigt. Sie lebt mit ihrem Sohn in Wuppertal.

Ein verlagsneues Buch kostet in ganz Deutschland und Österreich jeweils dasselbe. Das liegt an der gesetzlichen Buchpreisbindung, die dafür sorgt, dass die kulturelle Vielfalt erhalten und für die Leser:innen bezahlbar bleibt. Also: Egal ob im Internet, in der Großbuchhandlung, beim lokalen Buchhandel, im Dorf oder in der Stadt – überall bekommen Sie Ihre verlagsneuen Bücher zum selben Preis.

Vermittelt durch die Agentur Susanne Koppe:
www.auserlesen-ausgezeichnet.de

1. Auflage 2024

Copyright © 2024 Verlagshaus Jacoby & Stuart, Berlin

Alle Rechte vorbehalten

Druck und Bindung: Jelgavas tipografija

Printed in Latvia

Druckprodukt mit finanziellem

Klimabeitrag

ClimatePartner.com/13916-1911-1001

Dieses Buch ist auf Papier gedruckt, für das nur Holz aus nachhaltiger Forstwirtschaft verwendet wurde.

All unsere mit finanziellem Klimabeitrag gedruckten Novitäten und Nachdrucke finden Sie auf climatepartner.com unter Angabe der ID 13916-1911-1001. Hier erhalten Sie auch Einblick in die Windenergie- und sozialen Projekte, die wir mit Ihrer Hilfe unterstützen.

ISBN 978-3-96428-227-9

www.jacobystuart.de